炎より熱く

矢口敦子

JN053831

集英社文庫

炎より熱く

1

吾川《あがわ》市は、三多摩地区にある。埼玉県や神奈川県に属していると思われがちだが、れっきとした東京都の市である。人口三十五万弱で、そのうちの数百人は、隣の市にある日本中央大学にかよう学生だ。

佐藤真志歩《ましほ》も、この三月までその数百人のうちの一人だった。いまは大学を卒業し、勤労者になっている。

その勤務先である吾川市立病院が見えてきたところで、真志歩は自転車をとめ、ふうっと大きな溜《た》め息《いき》をついた。

吾川市立病院は五年前に建て直された。

外見は、白一色に塗られ、外来や検査室がある横長の部分、そこと渡り廊下でつながった手術室や病室のある縦長の部分という、正面から見たら凸型の、いかにも病院然とした建物である。

しかし、五百床以上あった入院ベッドが三百床に減り、その多くが個室と二人部屋になったうえ、充実した図書コーナーと美味《おい》しいと評判のレストラン、深夜までやっているカフェコーナー、手入れの行き届いた庭園を備えていて、ここには入院したくないと思わせた建て替え前の市立病院と比べると雲泥の差がある。

ただし、病床が減ったために、行き場のない寝たきり老人であっても治療が完了したらさっさと退院させられるという、いくぶん非情なシステムにはなった。

吾川市立病院がこういう病院になったのは、建て替えを企画した当時の市長が医師だったせいかもしれない。市長を辞めたあとに病院長の座につくつもりではないかと、ずいぶん噂《うわさ》されたものだが、三年前の選挙で落ちてからこれまで、前市長が病院長になる気配はない。神経内科という吾川市立病院ではあまりメジャーではない科の出身者の井《い》手《で》が、新しくなった病院の院長をずっと務めている。一部には前市長の息がかかっているという話もあるが、一般市民には定かではない。

しかし、凸型の建物を前にして佐藤真志歩がそういう事実に思いを馳《は》せることはない。真志歩の脳裏に去来するのは、ある女性の顔だ。それは、溜め息をともなっている。

「どうしたの、マッシー」

思いがけずニックネームを呼ばれ、真志歩はびくりと目をあげた。職員用の通用口を入ったそこに、外科医の柚木麗香《ゆずきれいか》の姿があった。自販機の紙コップを片手に、眠そうな目でこちらを見ている。

「ああ、おはようございます。お帰りですか」

夜勤明けに見えたから、そう訊《き》いた。

「いいえ。これから外来のお仕事です」

それにしては、眠そうな？

「夜中に担当の患者さんの容体が悪化して、呼び出されたの。帰ることができず、そのまま日勤がはじまるところ」

医者の仕事も大変だ。だが、いじめはないだろうな、きっと。真志歩の脳裏にまたある女性の顔が浮かぶ。ふたたび溜め息が出そうになって、慌てて堪《こら》えた。仕事を世話してくれた人の前でこれ見よがしに溜め息をつくのは、どういう事情であれ失礼だろう。

そう、真志歩の現在の職業、吾川市立病院の医療秘書を世話してくれたのは、麗香だ。まさか麗香に仕事の世話をしてもらう破目に陥るとは思わなかった。

このところ、日本の労働界は売手市場だという話だった。博士課程に行く予定だった人が売手市場のいまのうちに、と就職してしまった例も身近にあったくらいだ。だから真志歩は、大学卒業のわずか三カ月前に、決まっていた故郷での就職先を気軽に蹴った。大企業における新卒採用は終わっているとしても、内定者を大企業にとられた中小企業ならまだ人材を探しているにちがいない。吾川市から通勤可能な地域で、手頃な職場が必ず見つかるだろうと考えていた。ところが、実際に職探しをはじめてみたら、世の中ちっとも売手市場ではなかった。

いや、仕事はいくらでもあった。スーパーやコンビニや飲食店は、常時店員募集の貼り紙を出している。しかし、アルバイトやパートでは、新卒者が働く場所として悲しすぎる。介護士や看護師も大募集中だが、いかんせん真志歩には資格がない。バス会社の募集する正社員は事務職ではなく運転士で、建設関連もほしいのは現場で働く人間だった。

そもそも、真志歩の持っている資格といえば図書館司書のみ、運転免許すら取得しておらず、まるでつぶしがきかない。

そうこうするうちに、大学の卒業式が終了し、新卒者の入社式も終わってしまった。以前は新卒者がいっせいに四月に採用される世の中だったが、最近少しばかり趨勢《すうせい》が変わってきている。真志歩は中途採用している企業に望みをつないだ。そうはいっても、採用試験に出す履歴の職業欄が真っ白というのはいただけない。だから、コンビニでアルバイトをすることにしたのだが、その状態が一カ月も続いていた。

「世の中、甘くないですねー」

ある日、真志歩は柚木姉妹の前でつぶやいた。柚木姉妹は、この三月まで華麗屋《かれいや》というカレー専門店を経営していた。姉の麗香がオーナー、妹の美咲《みさき》が店長だ。そして、真志歩は、かつて華麗屋でアルバイトをしていたのだった。

「勤め先を選り好《えごの》みしているんじゃないの」

と、美咲が図星をさした。真志歩が否定の言葉を返す前に、麗香が明るく言い放った。

「医療秘書はどうかしら。うちでいま、募集中なの」

医療秘書？　はじめて耳にする職業だった。吾川市立病院に勤める麗香が「うち」と言っているのだから、勤め先は吾川市立病院だろう。病院が勤め先というのは悪くない、と頭の片隅で思ったのは事実である。とはいえ、どんな仕事なのか見当もつかなかった。

「医療秘書って、なんですか」

「医者の事務作業をする専門職よ。ああ、うちでは医療秘書と呼んでいるけれど、正式には医師事務作業なんたら言うらしいよ」

のちに真志歩が調べたところによると、正式名称は「医師事務作業補助者」だった。

医師の事務作業をすると聞いて、真志歩は驚いた。

「事務作業の専門職？　でも、それってなにか資格が必要なんじゃないですか」

「全然」

と、麗香は首をふった。それでも真志歩は信じられなかった。ズブの素人に医者の事務作業ができるものだろうか。

麗香は真志歩の疑念をにこやかに追い払った。

「医者の横にいて患者の訴えを書き取ったり、医者が書いたカルテを電子化したり、医者の代わりに一定の書式にのっとったレターを作成したりするだけだから、資格なんかいらないの。というか、正式な資格そのものがまだないの。外科の医療秘書さんも、確かアニメーターの専門学校を出ていると言っていたわ。とても役に立ってくれているわよ」

「それで、いま現在募集しているんですか」

「年中募集しているみたいよ。入れ替えが激しいんだわね」

「激務で？」

「そうも思えないわ。少なくとも、私たちみたいに当直があるわけじゃないし。三時半ごろにはけっこうみんな帰ってしまう」

「へえ、なんだかいい職業ですね」

真志歩は乗り気になった。そして、翌日早速、病院に電話して、面接の約束をとりつけた。

面接で、医療秘書は正職員ではなく契約職員だということを知らされた。一年ごとに契約を更新、三年で打ち切りというものだ。ただし、健康保険などの社会保険は正職員並みにあるし、週休二日制、祭日もちゃんと休みになる。しかも、就業時間は八時四十五分から三時三十分までで、この三時三十分で帰れるというのが、真志歩の気に入った。

転職先を探す時間をとれるだろうと考えたのだ。

そう、医療秘書は腰掛けの仕事だ。一年契約の三年打ち切りでは、どのみち腰掛けにしかならない。

真志歩が乗り気になっても雇い手がお断りだといえばそれまでだったが、数日して採用通知が来た。そして、六月の最初の月曜日から三カ月間の試用期間がはじまったのだ。

麗香がなにか言っている。

「どう、仕事は慣れた？」

そう言っているのだ。そういえば、麗香とこの近さで会うのは、病院に勤め出してから今日がはじめてだった。これまでは姿を見かける程度でしかなかった。同じ職場にいても、案外会えないものだ。

麗香の眉間には、心なしかほんの少し気遣わしげな色合いが差している。

ここはにっこり笑って「はい、慣れました」と言いたいところだが。

不意に真志歩は、背中に氷のような視線を感じた。

ふりかえると、小笠原真理子《おがさわらまりこ》が立っていた。

いつからそこにいたのだろう。いまの会話を聞かれてしまったのか？

「あ、おはようございます」

真志歩は慌てて小笠原に挨拶をしてから、すぐに麗香に視線を戻して、

「いえ。覚えることが一杯あって、やっと三週目に入ったばかりで慣れたなんて、そんなたいそうなことは言えません」

早口で答えた。

そう、慣れたなんて言ったら、あとで小笠原から「ここの書き方まちがっているわよ」などとビシバシ指導を受けてしまうだろう。

「おはようございます」

小笠原は真志歩の挨拶には返さず、麗香に会釈して二人の横を通り抜けていった。

「そうか」麗香は男っぽく頭をかいた。「まだ二週間の経験しかなかったんだね。ま、頑張って」

「はい、失礼します」

と言いつつ、真志歩の足は動き出そうとしている。早く医療秘書専用の部屋へ行かなければ、小笠原に睨《にら》まれる。

「あ、ねえ」と、麗香に呼びとめられた。「土曜日、うちに来ない？　私、午前中の診察が終わったら、オフなの。ひさびさに美咲の作ったカレーを一緒に食べようよ」

「いいですね」

真志歩は麗香に小さく笑顔を見せると、脱兎《だっと》のごとく階段にむかった。医療秘書専用室は二階にある。腕時計の針は八時三十二分。朝のミーティングは八時四十五分きっかりにはじまるから、その十分前にはスタンバイしておかなければならない、というのが、小笠原からのお達しだ。

土曜日に一緒にカレー、階段をのぼりながら頭に刻み込む。楽しみだ。それを生き甲《が》斐《い》にして、今週を乗り切るのだ。

医療秘書専用室は広い。しかし、会議室でよく見かけるスチール製の細長いテーブルと椅子が中央の空間を占め、壁際にはロッカーがずらりと並んでいるので、あまり広さを感じさせない。

ロッカーには貸与された白衣が入っている。これを私服の上に着る。真志歩は初日、医者と同じ白衣姿になるのがなんとなく嬉《うれ》しかった。三週目に入ったいまはなにも感じない。

バッグを入れ、ロッカーに鍵をかける。これで準備は完了だ。あとは八時四十五分になるのを待つのみ。

現在、八時三十八分だから、三分ほど準備に遅れたことになる。しかし、なぜミーティングの十分前にはスタンバイしておかなければならないのか、真志歩にはさっぱり分からない。なにしろそのあとの十分間、することもなくぼーっとロッカーの前に突っ立っているだけなのだから。

先に階段をのぼっていった小笠原は、当然ながらすでに白衣を着ている。テーブルについて、同僚とひそひそと話し込んでいる。

小笠原の横顔はきつい。厳しい話をしているのかどうかはともかく、印象自体が尖《とが》っているのだ。髪をぎゅっと引っ詰めにしていて、細く描いた眉も一重瞼《ひとえまぶた》の目尻も吊り上がっている。鼻梁《びりょう》は長くて細く、浮世絵に出てくる鼻のようだ。そして、逆三角形の輪郭。ただし、痩せているわけではない。体はだいぶボリュームがある。その体格のせいでおばさんに見えるが、年齢はまだ三十代に達していないらしい。

そうと分かったのは、なにかの折りに真志歩にむかって「十年前は私も高校の新卒者だったけれどね」と言ったからだ。その時真志歩は、高校ではなく大学の新卒者だという訂正をなんとなくできなかった。数日後には「大卒だったのね」と、誰かから聞いたか履歴書を見たか、小笠原自身が誤解を訂正したけれど。

ちらりと小笠原の視線がこちらに流れたので、真志歩は緊張した。小笠原は真志歩について話しているのだろうか。

小笠原と話し込んでいる同僚の名前も所属科も、真志歩は知らない。小笠原と同じか、ふたつみっつ年上のように見える。かなり化粧が濃い。目も顔の輪郭も丸いので、穏やかそうな人物に見える。多分この場所ではじめて見る顔だ。

医療秘書が何人いるのか、真志歩は正確に把握していない。六月に新たに雇われたのは真志歩一人。とりたてて入社式などというものはなく、仲間の医療秘書に紹介されることもなく、配属される科に連れていかれて、そのまま仕事がはじまった。半月経《た》ってもすべての医療秘書と顔を合わせたのかどうか、よく分からない。他科の医療秘書と顔合わせできるのは朝のミーティングだけだが、昨日いた人が今日はいなかったり、昨日いなかった人が今日いたり、ということがあるからだ。

八時四十五分を前に、医療秘書が続々と部屋に集まってくる。その大半が女性だ。男性は二人しかいない。医療秘書が女性の職業というわけではないはずだけれど。

医事課の課長が八時四十五分に入ってきて、ミーティングがはじまる。ミーティングといっても、なんてことはない。医師や看護師のように引き継ぎ事項があるわけではないから、「今日も一日まちがいのないよう、緊張の糸を途切れさせずにいきましょう」といったようなことを訓示するだけだ。学校の朝礼のようなものだ。

そして、この短いミーティングが終わると、医療秘書たちは持ち場へ散っていく。真志歩の胃が痛くなるような時間のはじまりだ。

午前十時三十分すぎ。真志歩が端末の前に座っていると、小笠原がやってきた。新しい患者が記入した問診票を手にしている。この一週間のお決まりのパターンのはじまりだ。

「あなたねえ」

　という一言が小笠原の口から発せられると同時に、真志歩は端末の前から立ち上がった。

「はい、なんでしょうか」

「この患者の問診票だけれど、いつになったら書かなきゃいけない事項と書く必要のない事項の区別がつくの」

「あの、なにがいけなかったでしょうか」

　真志歩は、頭《こうべ》を垂れた恭順の姿勢でお伺いする。

「分からない？　何度言ったら分かるようになるのかなあ。十年前に足を骨折したことなんかここに書かなくていいのよ」

「え、でも、昨日は、整形外科なのだから、以前の骨折は書かなければならないとおっしゃっていました」

　小笠原は、びしっと患者記入の問診票で端末の載ったデスクをはたいた。

「あれは去年のでしょう。しかも、閉経年齢の女性で骨折の部位がちがっていたでしょう。骨粗鬆症《こつそしょうしょう》を疑ってそれなりの検査をしなければならないんだから、ちゃんと書かなくちゃいけなかったの。この井上年弘《いのうえとしひろ》さんはまだ十九歳で男性なんだから、その必要はないでしょう」

そんなこと、ど素人の私に判断できるわけがないじゃない、と真志歩は思う。

それからまた、十日ほど前、つまり勤めはじめて間もないころの記憶も立ち上がる。あの時は閉経年齢の女性で何カ月か前に骨折歴のある患者だったけれど、骨折歴を書かなかった。それなのに、なんの注意もされなかった……。

しかし、真志歩はどちらの思いも口に出さなかった。

「分かりました。今度からそうします」

と、しおらしく頭を下げた。

小笠原はふんと鼻を鳴らし、

「じゃ、直しておいてね」

と、患者の記入した問診票を置いて、真志歩の前から立ち去った。

真志歩の胃がきりきりと音を立てそうな痛み方をした。

電子カルテを直す手間などなんともない。今回の件は、患者の電子カルテを呼び出して、言われた通り骨折歴を削除すればいいだけのことだ。

胃が痛むのは、小笠原が以前指導したことと今日指導することとの間に、整合性がない場合が多いからだ。確かにこちらも勉強不足ではある。もっと整形外科について知識を増やさなければならないという認識はある。しかし、昨日言われたことと今日言われることが真逆だったりすると、難癖をつけられているような気になるのは否めない。いや、はっきりと難癖をつけられているのだろう。

どうしてこんなことになったのかなあ。

はじめて顔合わせをした時、小笠原は、

「分からないことがあったら、なんでも訊いてね」

と、にこやかに言ったのだ。顔立ちはきついけれど、病院に勤めているだけあって、やさしい人なのだろうという第一印象をもった。そして、その印象通り、最初の一週目は、とても親切だった。真志歩が仕事のコツを飲み込めなくても、さらには失敗しても、怒り声をあげることなく正してくれた。

それが二週目に入ると、掌《てのひら》を返したようにきつくなった。ちょっとしたまちがいにも声を荒らげて叱責するようになった。

小笠原にたいしてなにか悪いことをしたのだろうか――思い当たる節がなくはない。

勤務六日目の朝、名字に仮名を振っていない問診票があった。「九十九」

小笠原はそれを見て、「キュウジュウキュウなんて、本名かしら」

と事務員と笑いあっていた。それで、真志歩は思わず口を出した。

「あ、それ、ツクモって読みます」

以前読んだ小説に出ていた名字だから、覚えていた。しかし、その瞬間、小笠原は凄《すご》い目で真志歩を見た。

「あら、そうなの。物知りね」

案外穏やかな声でそう言った。しかし、小笠原の態度が変わったのは、その日からだったように思える。

余計な口出しをしなければよかった。溜め息をつきかけて、真志歩は端末の画面に目を剝《む》いた。

野平照留美《のひらてるみ》。え、そんな名前だったっけ？

問診票を見直すと、井上年弘、画面とは全然ちがう氏名が記入されている。

名前だけではない。性別もちがえば年齢もちがう。野平照留美は女性で、二十六歳だ。しかも、新患ですらない。何回も来院歴がある。

カルテの呼び出しは八桁の患者番号で行う。その患者番号の百の位がちがっていた。くよくよ考えながら端末を操作していたものだから、数字を入力しまちがえてしまったのだ。

危なかった。気がつかずに修正していたら、小笠原に大目玉をくらうところだった。

それにしても、と真志歩は、野平の来院歴を読むともなく読みながら思った。野平はこの一年近い間にずいぶんいろんな怪我《けが》をして通院している。左足首捻挫、左手の火傷《やけど》、左手小指の骨折、左鎖骨のひび、右足首捻挫、右手首の切り傷。火傷と切り傷は整形外科の管轄ではないから、整形外科の担当医は気づかなかったかもしれない。しかし、この怪我の多さは、ちょっと異常じゃないだろうか。全部で六回、約二カ月に一度の割合で怪我をしていることになる。

いやいや、そんなことを考えている場合ではない。カルテの修正をしなければ。真志歩は井上の患者番号を入力し直した。

2

午後三時三十分。医療秘書の終業時間である。

真志歩はいそいそと整形外科を出て、医療秘書専用室で白衣を脱ぎ、職員通用口へむかった。終業時間といっても、医療秘書がみんな一斉に退出するとはかぎらない。いつも真志歩は一番手だ。とにかく早く帰りたいのだ。帰ったからといって、なにかいいことが待っているわけではないのだが。

今日は職員通用口で思いもかけない人物と出会った。「や、佐藤さん」と声をかけられなければ、気がつかずに外へ出てしまうところだったけれど。

「瀬戸《せと》さん」

そこにいたのは、瀬戸遼平《りょうへい》だった。

瀬戸は吾川警察署の刑事だ。この一月に、ちょっとした事件で知り合った。真志歩が華麗屋でアルバイトをしていたころ、瀬戸はしょっちゅうカレーを食べにきていた。しかし、華麗屋が三月の中旬に店仕舞いをしてからは、会う機会がなくなっていた。つまり、真志歩が瀬戸と顔を合わせたのは三カ月ぶりくらいということだ。

「どこか悪いんですか」

訊きかけて、気がついた。患者が職員通用口から入ってくるわけがない。

「なにか事件ですか。被害者か加害者がここに搬送されている？」

昼ごろ救急車のサイレンが鳴り響いていた。病院にいれば当たり前に聞こえる音だから、気にもとめていなかったけれど。あの救急車がなにか関連があるのだろうか。

「いや、うん、まあ……」

瀬戸は歯切れの悪い返事をして、

「佐藤さんはどうしてここに？」

質問を返した。

そういえば、瀬戸には吾川市立病院で医療秘書になったとは知らせていなかった。真志歩は私服に戻っているから、職員だとは想像できないだろう。

「病気というふうにも見えないけれど。誰かのお見舞い？」

瀬戸の視線がセクハラにならない程度の短さで、真志歩のスカートとそこから伸びる足にむけられた。

考えてみれば、瀬戸にスカート姿を見せるのはこれがはじめてかもしれない。瀬戸と会う時はいつも思い切りカジュアルな装いだった。職場でジーンズというのはさすがにまずいかと、以前母親が送ってくれたスカートをはくようにしている。

「私、ここで働いているんです。医療秘書になったんです」

「秘書？　へえ、院長かなにかの？　たいしたものだ。それじゃあ、ジーンズというわけにいかないね」

「いや、秘書といっても、そんなたいそうなものじゃないんですけど。整形外科でカルテの電子化とか、そういうのをしています」

「整形外科？」

ピンと、瀬戸の表情がひきしまった。

「患者と話ができるということ？」

「ええと。そうですね。できます」

「じゃあ」

と瀬戸が言いかけた時、むこうから人がわらわらと近づいてきた。退出する医療秘書たちだ。小笠原の顔も見える。

一緒になりたくない。いや、真志歩は自転車通勤、小笠原はバスに乗るから、一緒に帰ることにはならないけれど、終業時間がすぎてまで彼女と口をきく破目になるのはご免こうむりたい。

さようなら、瀬戸に目顔で挨拶して、真志歩は外へ飛び出した。

「え、ちょっと」

瀬戸の声が背中に聞こえたが、ふりかえりもしなかった。

自転車置場へ走り、自分の自転車を引き出して飛び乗った。

ななめがけしたポシェットからメロディが流れはじめた。「乙女の祈り」、最近スマートフォンの着信音にした楽曲だ。以前使っていた「世界に一つだけの花」は知り合いのおじさんのとかぶり、とりやめた。「乙女の祈り」なら、まさかおじさんも着信音に選ばないだろう。

誰からの電話？

以前なら母親を思い浮かべたけれど、半年前からその可能性はなくなっている。母親から勘当されてしまったからだ。

電話をかけてくる友人もいないはずだ。大学ではろくに親しい友人をつくれなかった。在学中はそこそこつきあったけれど、卒業したらそれっきり、という関係の同期生ばかりだ。吾川市内で唯一親しくしている柚木姉妹が電話をよこすとも思えない。

つまり、「乙女の祈り」を鳴らしているのは、瀬戸ということか。なにか話があるようだったし。

病院の敷地を出て、駅とは反対の小路に入ってから、真志歩は自転車をとめた。メロディはまだ鳴りつづけている。

真志歩はポシェットからスマホを出して、発信者を確認した。やはり瀬戸だ。画面をタップした。

「もしもし」

「ああ、やっと出てくれたね」

「なにか用ですか」

「用がなければ電話しちゃいけない？」

一瞬、真志歩は返答につまった。瀬戸がつづけて、

「用はあるんだけれどね」

と笑いを含んだ声で言ったので、真志歩は顔の筋肉をゆるめた。

「なんですか」

「電話越しはまずいな。どこか適当な場所を知らない？」

真志歩は顔をあげた。ちょうど自転車をとめたそこに、「モンカフェ」という木製の看板が出ていた。

モンカフェ＝私の喫茶？　看板が出ている二階建ての建物は、民家にしか見えない。木製の扉にも壁にも窓がないので、中は窺《うかが》いしれない。隠れ家ふうの喫茶店なのかもし

れない。しかし、扉に『営業中』という札は下がっているから、一見《いちげん》さんも入れるのだろう。

病院関係者が出入りするような店だろうか。可能性はあるが、時間的に彼らと搗《か》ち合うことはないだろう。

真志歩は、モンカフェまでの道順を瀬戸に教えた。


扉をあけると、オレンジ色がかった光が満ちていた。天井が吹き抜けになっていて大きな天窓があり、そこから陽光が差し込んでいるのだ。

真新しい木の匂いがした。木製の丸テーブルが二卓。丸テーブルのそれぞれに四脚の木製椅子。さらに一卓や二卓は置けそうな余裕で配置されている。

低く流れている音楽は、ベートーヴェンの「田園」だ。

カウンターのむこうに女性が座っていた。六十代の半ばだろうか。髪をお団子に結い、真っ白なエプロンをつけている。ふっくらした体つきや鼻眼鏡が亡くなった祖母を連想させた。女性は本を手にしていたが、いまは真志歩に目をむけている。驚いているような丸い目だ。

「あのー、入っていいでしょうか」

真志歩は思わず訊いてしまった。

女性はにっこりした。マシュマロを連想させる笑顔だった。

「もちろんです。いらっしゃいませ」

女性は本をカウンターに置き、代わりにメニューを手にして真志歩に近づいてきた。

「さあ、どうぞ」

扉寄りのテーブル席の椅子をひいてくれる。

「ありがとうございます」

「メニューをどうぞ。コーヒーもちゃんとしたお味に仕上げているけれど、私は紅茶が好きだから、紅茶のほうが味に自信があります。それと、今日のお菓子はジンジャークッキーで、今日のジュースはバナナジュース。どちらも私の手製です」

「ああ、あの連れが来るんですが、その人が来てからでもいいですか」

女性は手にしていたメニューでぽこっと自分の額を叩《たた》いた。

「ええ。私ったら、はじめてのお客さまなので焦ってしまって」

「はじめての？」

「今日はじめてという意味ですよ。誤解しないでね。でも、あまりお客さまが来ないので、応対に慣れていないということは白状しておきますね」

「ああ……新しく開店したんですね？」

「そうなんです。つい一週間前」

女性は嬉しそうに店内を見回した。

「いつかこういうお店を出したいと思っていて、とうとう念願が叶《かな》ったんです。みっともないことはするなと止める人がいなくなったのでね」

この人がオーナーなのか。感じのいい女性ではある。しかし、少々おしゃべりかもしれない。内緒話むきの店だろうか。

真志歩が不安に思っていると、扉が開いた。瀬戸が入ってきた。

「やあ」

瀬戸は、屈託なくテーブルをはさんで真志歩のむかい側に座った。

「あら」

オーナーは瀬戸を見て「デートだったの」と誤解の言葉をつぶやき、それから瀬戸にメニューをさしだした。真志歩にしたのと同じ説明を繰り返す。

真志歩も瀬戸もバナナジュースを注文した。

オーナーは手早い作業でジュースを運んでくると、

「じゃあ、ごゆっくり。私は奥にいますから、用があったらそれを鳴らしてくださいね」

テーブルに置かれたベルを指さした。そして、カウンターの奥にあるドアのむこうに消えた。真志歩は少しばかり驚いた。

「変わった喫茶店だわ」

「前から知っていたんじゃないの」

「いいえ。さっき偶然見つけたの」

しかし、これでオーナーの耳を気にせず話ができる。

「で、どんなご用でしょう。仕事がらみなのかな」

瀬戸はストローを使わずにバナナジュースを一口飲み、「うまい」とつぶやいてから、

「仕事がらみがいい？」

と、訊き返した。

瀬戸はなぜか真志歩を警察にリクルートしたがっている。真志歩は、血とかバイオレンスとかが苦手なので、就職先に困っても断りつづけている。あまり彼の仕事に興味を示さないほうが無難かもしれない。とはいえ、好奇心はつぶせない。

「そういうことでもないけれど、病気でもないのに病院に来たとなると、仕事がらみだろうな、と」

「うん。病院へ行ったのは仕事がらみ。といっても、うちの仕事じゃないけれどね。他県からの依頼」

「へえ、そういうこともあるんですか」

「ある事件の加害者を捜しているんだ。そいつはおそらく大怪我を負っていて、病院に

治療に来ているのではないか、と。で、うちでもとりあえず手分けして市内の病院の聞き込みをしていて、吾川市立病院は僕が担当したわけ」

「ふーん」

事件の加害者が怪我を負って逃走中、なんていう情報はスマホには流れてきていなかった、と真志歩は頭の中で記憶を浚《さら》った。

「ニュースになるような大きな事件じゃなくたって、事件の加害者が怪我をして逃げているなんてこと、珍しいわけじゃないよ」

瀬戸は、真志歩の思考を読みとったようなことを言う。

「つまり、ちっちゃな事件ということ？」

「まあね。被害者よりも加害者の怪我のほうが大きい可能性があるそうだよ」

「へえ。被害者のほうが強かったということ？　どんな事件なんです」

瀬戸はにこやかに、

「それは内緒」と言った。「僕らには守秘義務があるからね」

守秘義務を盾にとられたら、押すわけにもいかない。真志歩はこのくらいなら答えられるだろうと思い、

「で、彼は吾川市立病院にはいなかったんですね？」

と訊いた。瀬戸はぱちりと一回まばたきしてから、首を縦に動かした。

「いなかった」

「明日のミーティングで、これこれこういう患者が来るかもしれないという話があるかなあ」

「そりゃあ、病院の裁量だから、なんとも言えないけれど。怪我をしてからすでに二、三日経っているから、いま加害者が市立病院にいなければ、もう現れる可能性はないと思うよ」

なるほど。

真志歩は、バナナジュースに口をつけた。レモンが混ざっているらしく、バナナの甘さがほどよい加減になっている。瀬戸も残りのジュースを飲み干した。

器がからになったら、もう店にいても仕方がない。真志歩はポシェットから財布を出そうとした。

「ちょっと待ってよ」

瀬戸が真志歩の動作をとめた。

「僕はまだ肝心な話をしていない」

「え？　あ、そうなんですか？」

「佐藤さんはさあ、いつもビジネスライクだよね」

そうだろうか？　そうかもしれない。なにしろ、瀬戸と会う時はいつも刑事と一般市民、さもなければ飲食店の店員と客だ。個人的になれるわけがない。

「仕事以外の話をしてもいいんですか？　私はもうフリータイムだけれど、瀬戸さんはまだ勤務中でしょう」

「そう固いことを言わないで」

瀬戸は苦笑してから、

「実は、佐藤さんの仕事にかかわりのあることなんだ」

真志歩を困惑させるようなことを言い出した。真志歩は、医療秘書ですと胸を張って言えるほど仕事に習熟していない。

瀬戸は、真志歩の心の内を見抜けないらしく、勝手に話を進めた。

「友人に保険の営業員がいるんだけれど、最近契約した女性が怪我ばかりしているんだそうだ」

「はあ？」

「その度に保険金を請求されるんだけれど、この半年の間に四回も保険金支払いの対象になるような怪我をするっておかしくないかと上司に詰問されたそうでね」

真志歩の脳裏に、偶然目にしたカルテが蘇《よみがえ》った。あの人は確か一年の間に五、六回の怪我を負っている。怪我をする人というのは、意外にしょっちゅうするものなのだろうか。そそっかしいとかなんとか、性格が災いしているのかもしれない。

「それで、女性の身辺を洗うことにしたんだけれど」

「身辺を洗うって、なんのために？」

「保険金詐欺を狙っているとか」

「だって、本人は本当に怪我をしているんでしょう。それなら、保険金をもらっても、たいした利益にはならないんじゃないですか？」

「それはそうなんだけれど。ただ、その保険は、事故で死亡したら大きな額がおりることになっているんだよね」

そこでやっと真志歩は、瀬戸の考えというか保険会社の人間の考えが読めた。

「保険の受取人がその女性を殺そうとして失敗しつづけているんじゃないか、ということ？」

瀬戸は大きくうなずいた。

「友人もそう考えて会社の調査部に彼女の身辺を洗ってもらったんだけれど、どうもそんな形跡は出てこない。保険金の受取人は彼女の母親で、金ほしさに娘を殺すようなタイプではないというんだよね」

「じゃあ、やっぱり普通の事故による怪我なんじゃないですか」

「かもしれないし、そうでないかもしれない。調査部がこの件について担当医に質問しようとしたら、担当医は個人情報保護法を盾にとって」

「さっきの瀬戸さんのようにあっさり断った？」

真志歩が一言はさむと、瀬戸は薄く笑ってうなずいた。

「そう、さっきの僕のように。それで、友人は僕に相談してきたんだ。刑事になら、医者も口を開くだろうと思ったらしくて。で、さっき、他県の容疑者を捜すついでに、彼女の怪我の様子についても質問したんだけれど、やっぱり同じだった」

「断られた？」

「うん。事件の捜査というわけではないからね。いくら刑事でも、そうそう強く訊くわけにいかないし。そこで」

瀬戸は、真面目な表情で真志歩の顔を見直した。真志歩は勘が働いた。だから、瀬戸の唇が動く前に急いで言った。

「駄目ですよ。新米の医療秘書ごときにお医者さんの口を軽くさせることなんかできません。それに、医療秘書にだって守秘義務はあります」

「いや、べつに医者からなにか訊き出してほしいというんじゃないんだ。患者と親しくなってほしいだけなんだ」

「患者と親しくなる？」

「彼女はいま、四回目の怪我の治療とかで吾川市立病院の整形外科に入院しているんだそうだ。それとなく彼女に近づいて、話を訊き出してくれないかな」

なんという無茶な要求をするのだ。真志歩は居住まいを正した。

「あのですね、私は外来で働いているんです。入院患者さんとの接点はありません。諦めてください」

「入院患者と接点がないの、全然？」

「ありません」

「そっか。じゃあ、仕方がないなあ」

瀬戸はテーブルに両腕をついて、その上に顎をのせた。下からすくいあげるような目になって、真志歩を眺める。その様子が昔実家で飼っていた柴犬《しばいぬ》のムサシを連想させた。ムサシの前に餌を置いて、「伏せ、待て」と命じた時の目つきにそっくりだ。瀬戸の最初の印象が冷静沈着な人だったので、真志歩は意外だった。こんな表情もできるのか。一重瞼だと思っていた目は、よく見ると奥二重だ。

「このまま放置していたら」

と、瀬戸は口の中でつぶやいた。

「次の怪我をして、今度はもしかしたら致命傷になるかもしれない。そうなったら、後悔してもしきれないなあ。でも、刑事ははっきりと事件と分かるまで動けないからなあ」

真志歩の正義感に食い込んでくる。真志歩には刑事むきの正義感がある、そう瀬戸は信じているようなのだ。

　真志歩は意を決して訊いた。

「その患者さんの名前はなんていうんですか」

「え、接触してくれるの」

　瀬戸は上体を起こした。

「できるかどうか分かりませんが、やるだけやってみます」

「ありがとう。名前は和田多真美《わだたまみ》。年齢は二十四歳」

「私と年が近いんですね」

「そう、友達になりやすいと思うよ」

　年が近いからといって、親しくなれるものでもないだろうが。

「じゃ、出ようか」

　瀬戸はテーブルの上のベルを押した。

　え、これでおしまい？　真志歩は拍子抜けした。和田への接近を承知したら、もう用事はない？　つまり、瀬戸刑事は私を警察にリクルートする対象としてしか見ていないのか……。

　カウンター奥のドアがすぐさま開き、オーナーが戻ってきた。瀬戸は伝票を持ってカウンターへ行った。

めた。

「あ、私の分は」

真志歩は、慌ててポシェットから財布を出した。瀬戸は人差し指をふって、押しとど

「お礼の前払い」

「お礼の？」

六百五十円のお礼か。

「もちろん成果があがったら、本格的にご馳走《ちそう》するから」

オーナーが興味深げに真志歩たちの様子を見ている。

「いえ、そんなのはいいですけど」

不満が真志歩の胸の奥でくすぶっている。でも、どこから来る不満なのか、突き詰めるのは嫌だ。面倒くさい。

「じゃ、今日のところはご馳走さまです」真志歩は頭をさげ、「でも、成果があがらなかったからといって返してくれとは言わないでくださいね」

一本釘《くぎ》をさした。瀬戸は敬礼する手つきをした。

「もちろんです」

3

　店の前で瀬戸と別れてから、真志歩は考え込んだ。ムサシに似た表情にほだされて、うっかり承知したけれど、どうやって和田多真美に近づけばいいのだ。

　勤務時間中、入院病棟に行くことはまったくない。医療秘書専用室は入院病棟と同じ建物内にあるけれど、整形外科の病室は四階で、こちらは二階だ。和田と偶然出会う機会はないだろう。となると、勤務時間外に四階へ出向くしかない。

　真志歩は腕時計を見た。四時四十分すぎ。病院の夕食は六時からなので、一時間ほど時間がある。

　どうせなら、いまから会いに行こう。真志歩は、自転車を病院にむけた。

　気がかりなのは、同僚と鉢合わせすることだ。いったん退出したはずなのに、なぜ病院内をうろついているのか、怪しまれるだろう。ただ一番恐《こわ》い小笠原は、すでに病院を出ている。彼女に見とがめられさえしなければ、そう問題はないだろう。

　吾川市立病院では、入院患者の病室を見つけるのは比較的容易だ。最近の病院はネームプレートにＩＤが使われていることが多いけれど、市立病院のそれにはフルネームが記載されている。

真志歩は、整形外科病棟の病室のプレートをひとつひとつ確かめて、ナースステーションから離れた廊下のつきあたりに和田多真美の名前を見つけた。二人部屋だが、プレートには和田の名前しか入っていない。好都合だ。

真志歩は、病室のドアの前でひとつ深呼吸をした。ここに来るまでに和田にはボランティアを名乗ることに決めていた。病院内にボランティアが出入りしていることを知ったのは、医療秘書になってからだ。ボランティアは患者の車椅子を押したり、病院内を案内したり、患者が同伴した子供のお守をしたりしている。病室の中まで立ち入ることがあるのかどうかは不明だけれど、なにかしてあげられることはありませんか、そう言って入っていけばいいのではないだろうか。

真志歩はドアをノックした。いや、ノックしようとしてできなかった。それより早くドアが開いたのだ。

人が出てきた。若い男性だ。背が高く、姿勢がいい。吾川市立病院のどんな制服も着ていない。きちんとしたスーツ姿だ。

見舞い客だろうか。中から話し声が聞こえていなかったので、患者以外に誰かいるとは思ってもみなかった。しかし、見舞い客にしては雰囲気が冷たい。まるで氷を背負っているかのように。

真志歩は驚いたが、相手も驚いたようだ。眉をひそめて、真志歩を上から下まで眺めまわした。目つきには、氷の中から立ち上ってくる赤黒い炎を思わせる不気味さがある。

真志歩は恐れをなして、一歩、足をひいた。

「あ、失礼しました。お客さまとは知らなくて」

「和田さんの、お友達？」

男性は訊いた。ビロードの手触りのように柔らかな声だった。

声を聞いたあとで見直すと、男性に不気味なところなど少しもなく、むしろやさしげだった。それに、とても端正な目鼻立ちをしている。誰かに似ていると考えて、すぐに実家にある雛《ひな》人形の男雛にそっくりだと気がついた。額に前髪がかかっているので、それをとり除いたうえでのことだけれど。それに、その前髪のせいで若く見えるが、もしかしたら三十歳ぐらいにはなっているかもしれない。

「いえ、ボランティアです」

真志歩は、見知らぬ男性にたいして、和田に言う予定の嘘《うそ》をついた。男性は小首をかしげた。

「ボランティア？」

「はい。患者さんになにかしてさしあげられることがないかと思って伺いました」

「へえ、若いのにえらいんだね」

「あ。大学の単位になるんです」

「大学の単位？　ああ、近頃の大学には、なにかボランティアをすれば単位をくれるというのがあるらしいね」

「そうなんです」

実際に、真志歩の母校の日央大ではボランティアが一単位になる科目があった。真志歩はその科目をとらなかったし、すでに卒業しているわけだが。

男性は、ちらっとドアに視線を流した。病室から出てきた時の雰囲気と同様の冷たい視線だった。中にいる和田にむけたものだとしたら、二人の関係はどういうものなのだろう？

「じゃあ、頑張って単位をとってください」

と言って男性は廊下を行きかけたが、一メートルも行かないうちに足をとめた。こちらに戻ってきたので、真志歩は嘘がばれたかとひやりとした。しかし、ちがった。男性は、スーツの内ポケットに手をつっこみ、名刺入れをとりだした。

「こういう店をやっているんで、よかったら遊びに来てください」

真志歩にピンク色の地のカードをわたした。

カードを走り読みすると、『リンゴの気持ち　あなたが一目惚《ひとめぼ》れする雑貨がきっと見つかる』とあった。場所は、吾川駅北口のビルの一階のようだ。そういえば、北口を歩いていた時に「リンゴの気持ち」という変わった店名の看板を見かけた記憶がある。裏をひっくりかえすと、「店長　小塚信之介《こづかしんのすけ》」とあった。男雛に似合う、古めかしいファースト・ネームだ。

「小塚さん……」

「そう。レジでこの名刺を見せると、10パーセント引きになるから、よろしく」

そう言うと、小塚は今度こそ去っていった。

真志歩は気をとり直し、ドアをノックして返事も待たずに中に入った。

室内にはベッドが二台あって、ドア寄りのベッドは空だった。その奥、窓際のベッドにはカーテンが引かれてある。

「信ちゃん?」

と、カーテンのむこうから声がした。ハスキーだけれど、期待に満ちているような艶やかさがあった。

信ちゃんというのは、小塚のことだろうか。小塚は和田の恋人なのか? さっきの小塚の視線からはとてもそうは思えないけれど。もっとも、小塚が和田のことを考えながらドアを見たとはかぎらないか。

真志歩はひとつ咳払《せきばら》いをしてから、言った。

「いえ、ちがいます。ボランティアです」

「ボランティア？」

カーテンは開かない。

「はい。なにかお手伝いできることはないかと思って伺いました」

一秒足らずの沈黙があった。それから、返事がきた。

「なにもないわ」

出ていけと同義に聞こえる冷淡な調子だった。和田の顔を見ることさえできず、病室を去るのか？

真志歩は意を決してベッドに近づき、粘った。

「本当になにもありません？　花瓶の水を替えるとか果物の皮をむくとか、そういったことでもしますよ」

和田のベッドサイドに花瓶があるかどうか、皮をむかなければならない果物があるかどうかなんて分からない。ただ、祖母が亡くなる前に入院していた病院で祖母のためにしてあげたことを並べただけだ。

「できることがひとつだけあるわ」と、和田は言った。「この病室を出ていってくれること」

「あー……」

声の調子ではなく、言葉でもって明確に言われては、どうしようもない。残念だが、これ以上しつこくはできない。

「失礼しました」

真志歩は病室を出た。

だが、しかし、と思う。和田は今日はどうやら誰にも会いたくない気分らしい。しかし、明日はどうか分からない。もしかしたら、ボランティアがいてくれればいいと考える出来事が起きるかもしれない。明日でなければ明後日。明後日でなければ、その次……毎日ご機嫌うかがいに来ていれば、和田も軟化して真志歩に用をたのむ気になるのではないだろうか。

とはいえ、和田はいつまで入院しているのだろう。そもそも、なんのために入院しているのだろう。瀬戸は怪我の治療のためと言っていたけれど、あまりにも漠然としている。カルテを見れば分かるだろうけれど、電子カルテは名前で検索するシステムになっていないから、調べようがない。

やっぱり安請け合いだったよなあ。真志歩は後悔した。

しかし、自転車に乗って爽快な風を受けているうちに、頭が少し回りはじめた。和田が真志歩をあんなにも冷たく拒否したのは、その前の面会者のせいではないだろうか。「リンゴの気持ち」という名の店の店長、小塚信之介。

彼が和田の恋人だというのは、正解なのではないだろうか。そしてさっき、二人の間になにかもめ事があったのではないだろうか。それで、和田は苛《いら》ついていたのではないだろうか。

真志歩は、自転車の進行方向を変えた。吾川駅北口側にある吾川市立病院と南口側にある自分のアパートとの間には、駅を通らないですむ近道がある。しかし、近道はやめて吾川駅へむかった。駅の北口側にあるという「リンゴの気持ち」に寄ってみようと考えたのだ。

店はすぐに見つかった。吾川市で最もグレードの高いホテルであるホテル・ファンタスティコの真向かいに立つ八階建てのビル、その一階に「リンゴの気持ち」という看板がかかっていた。

通りすぎるだけだったこれまでは、名称から、フルーツパーラーかなにかだろうと決めつけていた。しかし、自転車を降りて近づいてみると、そういう店ではないと容易に分かった。入り口脇の小さなショーウインドーには、黄金色のリンゴがいくつもディスプレイされていた。それは指輪だったり、ペンダントヘッドだったり、置物だったりする。

瀬戸からの依頼とはちがう好奇心を刺激されて、真志歩は扉をあけた。扉のガラスの部分にもリンゴの絵が施されている。

店内もリンゴで一杯だった。まず前方の壁に、リンゴがたわわに実った大きな木が描かれている。リンゴは擬人化されて、目と口がついている。笑っている顔、泣いている顔、怒っている顔、意味深長な顔……さまざまな表情をしている。

天井からは、フェイクのリンゴがぶらさがっている。二メートルを超える身長の人でなければ邪魔にはならない高さのところだ。緑や赤、金、銀に塗られ、大きさも実物大からドッジボール大まで、まちまちだ。

ここのオーナーはよほどリンゴが好きなのだろうか。真志歩は、軽い目眩《めまい》を感じながら思った。

だが、悪くはない。女性の同伴者でないかぎり男性が入ってきそうもない雰囲気で、女の子たちのための空間という心地がする。

実際、夕方の店内には数人の女子高生がいた。スマホのカバーのコーナーでさんざめいている。

ノート、キーホルダー、ハンカチ、髪飾り、リボン……等々。

店にあるのは、安い商品ばかりではなかった。レジ近くのショーケースの中には、値の張るピアスや指輪も置いてあった。

皮をむきかけたリンゴとおぼしい形のペンダントヘッドがついたネックレスが、真志歩の目を引いた。金色に輝くそれは、十八金なのか値段が万を大きく超えている。真志歩は大学時代、アクセサリー類にまったく興味がもてなくなっていたので、すべて実家に置いたままにしてある。もっとも、高校生がつけていたようなアクセサリーを社会人の身で使うのも気がひける。このところ外出時にはTシャツやジーンズと別れて、ブラウスとスカートという装いだ。一個や二個のアクセサリーが必要ではないだろうか。

しばらく眺めていると、店員が近づいてきた。真志歩より二、三歳年上だろうか。店の雰囲気にふさわしい、かわいらしい感じの女性だ。右の頬にみっつの小さな黒子《ほくろ》が三角形を作っている。まるで意図してできたような印象的な黒子だ。

「ユニークでしょう」

と店員が言ったのは、自分の黒子のことではなく、ショーケースの中の品のことだ。

「そうですね」

「すべて当店のオリジナルデザインです」

「そうなんですか」

「このネックレスすてきでしょう？」と店員は、真志歩が眺めていたネックレスをさして言った。「おつけになってみませんか」

「あ、いえ」

万を超えるアクセサリーを買っている金銭的ゆとりはない。なにしろ、真志歩は母親から勘当されている身だ。祖父がこっそりとアパート代をふりこんでくれているから生活していられるけれど、それだっていつ母親に発覚して止められないともかぎらない。

でも、ほしいかも。

真志歩の脳裏には、ある人物の顔が揺らめいている。前島裕貴《まえじまひろき》。祖父の再婚相手の息子。札幌《さっぽろ》の大学院で有機化学の修士号をとり、この四月に東京の製薬会社に就職して上京している。いまのところ、裕貴とは電話で連絡をとりあっているだけだ。

就職したばかりの裕貴は、慣れない会社組織でどんなに親しい人間とも会う余裕がないようだ。土曜や日曜に出社しなければならないこともあるし、休日は朝から晩まで家でぐったりしているということだ。

しかし、いずれ会うことになるだろう。真志歩は彼に会いたくてたまらないし、真志歩がそう言うと、裕貴も会いたいと返してくれる。先日の電話では、そろそろ休日に動けるようになってきたと言っていた。

そろそろ！　おそらくそう遠くない日だ。その日に、このペンダントトップが真志歩の胸元で光を放ったら、裕貴の瞳孔を大きくすることができるのではないだろうか。

真志歩が迷っていると、店員はショーケースをあけて、ネックレスをとりだした。その際、店員がはめていたリストバンドがずれ、手首の傷跡が覗《のぞ》いた。一センチほどの長さの、わりと生々しい傷跡だ。リストバンドは手の動きですぐにもとの位置に戻り、真志歩はなんの意味づけもせず、ただ目にしただけだったけれど。

「どうぞ。つけるだけつけてみてください」

「あー、でも」

真志歩は首をふったが、店員はなかなか強引だ。華奢《きゃしゃ》な体形で、物腰も機敏そうには見えないのに、するっと真志歩の背後にまわって、

「六回払いができますから」

ネックレスをつけようとする。

六回払い？　月三千円くらいずつか。

「ほら、いいでしょう」

店員は、ショーケースの上にあった鏡を真志歩にむけた。

真志歩は今日、バーゲンセールで税込み千二百円で買ったピンクのシャツブラウスを着ていた。第一ボタンをはずしていたのだが、ペンダントヘッドの皮をむきかけたリンゴの先端はちょうどその開いた部分で輝いた。千二百円のブラウスが、とてもそうは見えなくなった。

「いいでしょう？」

店員はもう一度、押した。真志歩はうなずきそうになった。そこで、小塚店長の名刺を思い出した。名刺を見せたら10パーセント引きになると言っていた。

「あの、名刺を持っているんですけど」

「は?」

「10パーセント引きになったうえで、六回払いもできますか」

店員の細い眉がビリッと音を立てるようにして吊《つ》り上がった。かわいらしさが吹き飛んだ。

あ、いくらなんでも図々《ずうずう》しかったかな。断られるのだと、真志歩は思った。だが、店員の口から出たのは予想外の言葉だった。

「名刺って、小塚店長の名刺ですか。どこで手に入れたんです?」

平静を装った声音だが、口調は刑事の事情聴取のようなきつさだった。真志歩は、返答を拒否することができなかった。

「あの、病院で」

「病院で? 吾川市立病院?」

「そうです」

「あなた、そこの」

「ああ、ええと」

小塚に話が通じたら、厄介なことになるかもしれない。真志歩は、小塚たちに使ったのと同じ嘘を言った。

「ボランティアで入院患者さんを見舞っていた時です」

「入院患者の名前は、和田多真美?」

なんで知っているのだろう。和田はこの店の店員で、つまり眼前の店員の同僚ということだったのか。それならば、和田の入院を知っていて当たり前かもしれない。とはいえ、どうして名刺に言及したとたん、この人は詰問調にならなければならないのだろう。

真志歩は、戸惑いながらうなずいた。

その刹那、店員の体からなにかが放射された。

なにか、圧倒的な感情の波。怒りだろうか。悲しみだろうか。苦しみだろうか。そのどれでもないようにも、すべてであるようにも、思える。そのくせ、表情は変わっていない。厳しいまま落ち着いている。凝り固まっていると言ったほうが当たっているかもしれない。

真志歩は恐れをなした。手早くネックレスをはずした。

「あの、やっぱりやめておきます」

店員の手に押しつけた。店員はネックレスを受けとったが、なにも言わなかった。

「すいません」

レジのところで、女子高生の一人が声をあげた。店員はゆっくりと女子高生をふりかえった。

「これください」

という女子高生のほうにむかって、店員は歩いていった。真志歩はすっかり無視されていた。

真志歩は、そそくさと「リンゴの気持ち」を出た。

和田多真美の固有名詞が出たところで、もっと突っ込むべきだっただろうか？

いや、そんなことはできない。素手で火中の栗を拾う羽目になりそうな予感がする。火傷してまで瀬戸の依頼につきあう必要性はない。明日また、和田の病室を訪れればいいのだ。

だが、その翌日、病室を訪れると、ネームプレートに和田の名前はなかった。見舞いに来た友人を装って通りがかった看護師に尋ねると、和田は今朝退院したとのことだった。

「こんなに早く退院するなんて」

外来では見かけない年配の看護師は、小さく苦笑いした。

「ええ、三日いただけですものね。お見舞いには不向きな入院だったかもしれませんね」

「たった三日だったんですか」

「ええ。本人はもっと入っていたかったみたいですけどね」

本人はもっと入っていたかったのに、退院させられた？

「なんで入院することになったんですか」

「聞いていない？」

「ええ。すごく悪いんだと思っていました」

真志歩は、できるだけ心配そうな表情をつくった。その表情が功を奏したのか、看護師は個人情報保護法を盾にとらなかった。

「あまり痛みがとれないというので検査入院することになっただけで、大丈夫、もう普通に歩けるはずですよ」

「ああ、そうだったんですか」

真志歩は安心したように笑った。

「ありがとうございます」

と、頭をさげて病棟を去った。

しかし、こんな情報を入手したからって、瀬戸の友人の調査には役立たないだろう。

真志歩は瀬戸に『和田多真美は退院しちゃったよ。残念ね。』とメールした。

瀬戸からは『ありがとう』とだけ返ってきた。ずいぶんと素っ気ない。結局、たいして当てにされていなかったのかもしれない。

4

土曜日だ。五日間の神経にこたえる労働のあとの、ささやかな小休止だ。

真志歩は勤務のある日と同じ時間に目覚めたが、ぐだぐだとベッドに横たわっていた。洗濯物がたまっている。しかし、窓のむこうから、雨の音が聞こえている。洗濯にはむかない日だ。

そういえば、そろそろ梅雨の季節だ。それとも、すでに梅雨入りしたのだったか？近頃、情報に疎くなっている。

というよりも、昨年までは梅雨だとかなんだとか、そういう自然現象に無頓着だった。連日雨が降っていても気にもとめなかったし、酷暑が続いても暑いと思うだけだった。ほかに考えなければならないことがたくさんあった。卒論のこととか……。

いや、いまだって、考えなければならないことはたくさんある。学ばなければならないことは、さらにたくさんある。整形外科のカルテで使われる略語や記号を暗記しなければならない。病気にも詳しくなっておいたほうがいい。その手の書籍を何冊か図書館から借りてもいる。早く読まなければ、返却期日が来てしまう。

図書館司書を目指したこともある真志歩は本来、読書が好きだ。目の前に活字があれば、ついつい読んでしまう人間だ。医者や看護師が仕事に関連して書いたエッセイなども例外ではなかった。しかし、いまは、休みの時くらい病気や怪我とは無関係の活字を目にしていたかった。

休日じゃなくて、勤務が退《ひ》けてから、勉強すればいいんだ。三時半以降、時間はたっぷりある。

そう言い訳して、真志歩はベッドの中にいる。ベッドからおろした右手は、充電機につないだスマートフォンを撫《な》でている。とりあげて電話帳をタップしたいけれど、タップできない。そんな意識は、脳裏の表層にのぼってきていない。ただ撫でているだけだ、ペットの犬を撫でるように。

半年前までなら、スマホは一日一回必ず着信音を鳴り響かせたはずだ。しかし、いまは滅多に音をたてることはない。母親が電話をよこさなくなったからだ。

自立を宣言したら、母親に勘当された。まさか母親が本気で愛《いと》しい一人娘と絶縁するとは思っていなかった。すぐに折れて、いつも通りの関係に戻るだろうと信じていた。だって、真志歩は、大学卒業後も東京にとどまりたいと言っただけなのだ。家に帰りたくないとか、母親の顔を見たくないとか言ったわけではない。しかし、勘当を言い渡してからのこの半年、母親は一度も真志歩に電話をよこしていない。こちらからかけても、応答しようとしない。我が母親ながらあっぱれな性格だ、と思う。

もっとも、真志歩が犬のようにスマホを撫でているのは、母親の声を懐かしんでいるからではなかった。真志歩が聞きたい声は、ひとつだけだ。

前島裕貴。繰り返すが、祖父の再婚相手の息子だ。祖父の戸籍に入っていないから、戸籍上、叔父ではない。赤の他人だ。結婚もできる。ただし、真志歩の母親が許さないだろう。母親は、祖父の再婚相手の紀久子《きくこ》を忌み嫌っている。

母親は真志歩と縁を切ったのだから、真志歩が裕貴とどうなろうとかまわないだろう。真志歩は、裕貴に積極的にアプローチしていいのだ。そう思う。そう思うのだけれど……。

当然、裕貴には裕貴の意思があって、それが真志歩をどうとらえているのか、皆目読めない。好意を抱かれているという気がするが、「こうい」から「う」の音が抜けた感情もあるのかどうかは定かでない。

彼の気持ちで分かっていることは、自分の母親が誰よりもなによりも大事だということだ。母親を不幸にするような恋は一切しないだろうし、したとしても捨てるだろうということだ。

マザコン。

まあ、仕方がない。女手ひとつで裕貴を育て大学まで行かせたということだから。

真志歩は、ベッドサイドの目覚まし時計に視線を投げた。十時三十七分。この時間なら、疲れきった新米研究員でも目覚めているかもしれない。目覚めていないとしても、起こしてもいいのではないだろうか。

真志歩は、とうとうスマホをとりあげた。電話帳を開き、『彼』という名前をタップしようとした。その瞬間、スマホが「乙女の祈り」を奏ではじめた。

まさかシンクロニシティで、彼、裕貴から電話が？

胸が高鳴ったが、画面に現れたのは『店長』という文字だった。

店長＝柚木美咲だ。華麗屋は三月中旬に廃業してしまったから、もう店長ではないけれど、わざわざ電話帳を変更してはいない。

それにしても、美咲から電話が来るなんて珍しい。

「もしもし」

「もしもし。私、美咲。いまいい？」

「はい、どうかしましたか」

「佐藤さん、今日、うちに来る予定だよね」

「はい。中止ですか？」

「ううん。もっと早く来られないかと思って」

「早くって？」

「よければ、いますぐにでも」

真志歩は一瞬、考えた。洗濯は今日しない。だから、一日柚木姉妹とつきあっても全然問題ない。むしろ、そのほうが嬉しいくらいだ。

「行きます。三十分ほどで」

真志歩はそう返事をした。

「待っているわ」

その声の調子には、どこか切実さがあった。しかし、真志歩はその時には気がつかなかった。ベッドから起きだし、顔を洗って、Tシャツとジーンズに着替え、部屋を出て、雨をものともせず自転車に乗り、三十分が二十分に短縮されて柚木家に着いた。華麗屋という看板を掲げたままの南側ではなく、『柚木』という表札のかかった北側のドアフォンを鳴らした。そして、ドアがあけられ、美咲と顔を合わせた時、そういえば美咲の声にはいつもとちがう切実な響きがあった、と気がついたのだ。

美咲は、西洋人形のお姫さまを彷彿《ほうふつ》とさせる美人だ。その美しい顔に、今日は憔悴《しょうすい》と怒りが滲《にじ》んでいた。それればかりではない。目力が失《う》せている。美咲を美しい人形ではなく意志的な人間だと証明する目力が。

「ああ、よく来てくれたわ」

と、美咲が両腕を真志歩の背中に巻きつけてきたのにも、驚いた。美咲は、こういう熱い動作を滅多にしない人だ。

「どうしたんですか」

「どうしたもこうしたもないのよ」

美咲は真志歩の体を離し、背中をむけて店に入るドアをあけた。

最早《もはや》使われていない店だが、営業していたころと同じたたずまいだった。とりたててなにかを処分してもいないみたいだ。

コーヒーの香りが漂っていた。美咲はここでコーヒーを飲んでいたようだ。

「飲む？」

「いただきます」

美咲は、カウンターの上のインスタントコーヒーの瓶とポットを指さした。

勝手知ったる他人の家だ。真志歩は棚から客用のコーヒーカップを出し、インスタントコーヒーを適当に入れ、ポットの湯を注いだ。カップを手に、美咲の座っているスツールの隣に腰かけた。

「で、どうしたんですか」

真志歩は美咲の顔ではなく、まっすぐ前のカウンター内の吊り戸棚に目をむけて訊いた。そのほうが美咲がしゃべりやすいのではないかと感じたからだ。

「私、自分がこんなに馬鹿だとは思わなかったわ」

と美咲が始めたので、真志歩は思わず美咲を見た。美咲が自虐的な言葉を口にするとは思ってもみなかった。

美咲は、きりりと正面を睨んで、カウンターに置いた両の手を握り拳にしていた。

「調理学校にかよっているというのは、言ってあったわよね」

「ええ」

美咲は、五年前には京大で存在について研究したいと考えていた。しかし、父親が行方不明になったことから、方針が変わった。父親のやっていた華麗屋の店長になり、自分が飲食店にむいていることに気づいたのだ。続けようと思えば、これまで通り華麗屋を続けることはできた。しかし、父親から料理を習ったこともない。見よう見真似《みまね》ですらなく、キッチンに立つ父親の姿を記憶から掘り起こして店を切り盛りしていただけだ。なにごとにも研究熱心な美咲は、本格的に料理の勉強をしたいと考えた。それで、華麗屋をたたんで国原《くにはら》栄養学園新宿調理学校にかよいはじめた。それが、この春の美咲の選択だった。

「子供のころ、お父さんに連れられていった日本料理のお店が感動するほど美味しかったのを覚えていた。その料理を作っていた人が国原栄養学園の理事で新宿調理学校の校長も兼ねていると知って、そこで学びたいと思った。そういう話でしたよね？」

「ええ」

「華麗屋を日本料理のお店にしちゃうのかと、ずいぶん驚きましたけれど」

美咲の表情がいくぶん和んだ。

「どんなお店にするかはまだ決まっていなくて、とりあえず日本人なんだから日本料理をマスターしたいと思っただけ。というのも後づけで、食べてから十数年も味を覚えている料理を作った人の腕を、是非とも盗みたかったのね」

「熱心ですねえ」

「やるからには超一流を目指したいもの。でも、ほら、私って基本的にカレー専門の店で育ったでしょう。家庭料理としては味噌汁《みそしる》なんかも飲んでいたんだけれど、汁ものはスープ系の味に馴染《なじ》んでいたのよね」

「その学校の味が口に合わなかったということですか」

学校選びに失敗した。それで美咲は、自分に立腹しているのだろうか。そうだとすると、あまりに自分に厳しすぎるのではないか？

しかし、美咲は首をふった。

「ううん。美味しいと思ったわ。でも、自分の作る味がどうもうまく行かなかったの」

「あら、だってまだかよいはじめて三カ月足らずでしょう。仕方がないんじゃないですか」

「まだ、じゃなくて、もう、だよ。課程の四分の一がすぎちゃっているの。それでこんなふうに愚図愚図していちゃまずいと、焦っていたわ」

やはり、美咲は自分に厳しすぎる。それとも、私が甘すぎるのか、自分に？　就職して三週間経ってもまちがいばかり指摘されていて、しかし勉強をあとまわしにしている自分。反省すべきだろうか。

「でね」

と、美咲は言った。表情がふたたび険しくなっている。

「先週、私が憧れた調理人、つまり調理学校の校長の白河清吾《しらかわせいご》が特別講師としてうちの教室に来たのよ。彼が作ったお澄ましを生徒全員、一口ずつ飲ませてもらったんだけれど、絶品だったわ。生徒たちも彼のレシピ通り作ったんだけれど、私のは全然ちがう味しか出ていないの。がっかりしちゃった」

「ほかの生徒さんのもそうだったんじゃないですか」

「ほかの生徒の味がどうであろうと、関係ないわ。問題は、私がどういう味を出せるか、なんだから」

美咲はきっぱりと言い切った。

「あ、そうですね」

美咲は真志歩をむいて、目を細めた。そういう顔をすると、美咲は少し意地悪に見える。

「ね、佐藤さん」

「はい？」

「私に丁寧語を使うの、やめない？」

「は？」

「私たち、もう店長とアルバイト店員の関係じゃないでしょう。ええと、友達同士でしょう？　堅苦しいしゃべり方をするの、よそうよ」

真志歩はしばらくの間、美咲の顔を眺めていた。

美咲と友人関係……そうかもしれない。四カ月間店長とアルバイト店員としてつきあっていたので、丁寧語を使いつづけるのが習い性《しょう》になってしまっていた。しかし、考えてみれば、すでに二人の間に上下関係はないし、同年齢でもあるのだ。外見上は、美咲のほうが真志歩より数歳年上に見えるのだけれど。

「分かりました……分かったわ」

「うん」

美咲は前にむき直った。

「それでね、木曜日に電話が来たのよ」

話が飛んだ。

「電話って、誰から」

「白河清吾から。私のお澄ましがとくに奇妙な味だった、どういう食体験をしているのか知りたい、なんていうものだから、私、感激して、いろいろしゃべったわ。カレー屋で育ったと知った白河はなるほどという感じで、特別に和食の個人レッスンをしてあげるって言い出したの」

美咲は、そこで言葉を切った。頬が紅潮している。

真志歩は、話の筋が見えたような気がした。その一方で、まさか、とも思った。

「で、美咲さんは？」

「ふたつ返事で行くと答えたわよ」

「白河清吾って、独身なの」

「知らないわ、そんなこと。マンションには一人しかいなかったけれど。あれはきっと仕事場ね」

「マンションへ行ったのね」

「ええ、そうよ、昨日」

美咲の両手がふたたび拳を作った。話は、まさか、のほうへ近づいているようだった。

「白河って、正確には分からないけれど、七十歳は超しているのよ」

「七十歳……」

「私から見て、とてもいいおじいちゃんなのよ。佐藤さんだって、七十歳を超した人を、男性だなんて思わないでしょう？」

「滅多に思わないけれど」

「滅多に？　たまに思うことがあるの」

「ええと、私、実家でおじいちゃんと同居だったから」

「老人について詳しいっていうわけね」

美咲は、食いしばった歯から漏れ出すような声で言った。

「私、男性のことはよく知らないのよ、とくに年をとった男性のことは」

真志歩の脳裏に、ひとつの情景が浮かび上がっていた。偶然、目にした情景だ。

五年前、祖父が再婚してからも、真志歩はそれまでと同じ調子で祖父に接していた。ありていに言えば、二世帯住宅の祖父の部屋を、なんの気兼ねもせず訪れていたのだ。

その日の夜も、真志歩はいきなり祖父の部屋へ行った。前後の出来事は覚えていないのだけれど、多分テレビを見せてもらいにいったのだと思う。受験生の真志歩は、母親からテレビの視聴権をとりあげられていたのだ。しかし、野球放送を見るために、しばしば祖父の部屋に忍んでいっていた。ところが、その日祖父の部屋の前に立った時、中から女性の異様な声が漏れていた。真志歩の足がそこでとまった。細く開いたドアから、祖父と再婚相手がソファの上で熱烈に抱擁しあっている姿が垣間《かいま》見えた。

真志歩は息がとまりそうになった。そこで前後の記憶が飛んでしまったのだが、すぐさまその場を立ち去ったはずだ。足音を殺したかどうかは分からない。しかし、翌日、祖父も再婚相手の紀久子もそれまで通りの態度で真志歩に接していたから、真志歩に見られたとは感づいていなかったはずだ。

真志歩は、祖父の結婚とセクシャルな要素を結びつけていなかった。だって、祖父は再婚の時点ですでに七十歳を超していて、そういう年齢の人がリビドーをもっているなどと想像したこともなかったのだ。祖父が再婚したのは、単に妻を亡くして寂しいから、あるいは老後の面倒を見てくれる人がほしいから、そんなところだろうと決めつけていたのだ。

この一件で、真志歩は老人にたいする見方を変えた。老人も人間だ。年をとったからといって、若いころと打って変わってすべての欲望が失せるわけではない。孫を見る目はやさしく穏やかでも、異性に注がれる目が無色透明とはかぎらない。恋をすることもあるし、恋をしたら、相手とひとつになりたい欲望が生ずることもある。そう悟ったのだ。しかし、そういうことがなければ、美咲同様、老人であっても全面的に気を許してはいけないと考えることはなかっただろう。

「それで、どうしたんです……どうしたの」

真志歩は傷口からガーゼを剝《は》がす思いで先を促した。

「一通り出汁《だし》の取り方を教えてもらったわ。コツというのを伝授されたけれど、学校で教わったのとたいして変わりがなかった。要するに、私のセンスなんだろうな。和食を作るセンスが私に欠けている。そう認識したわ」

美咲は、握ったままの拳でこつんと自分の額を叩いた。

「いやだ。聞いてもらいたいのは、そういうことじゃないの。出汁の取り方を教わったあとに、お酒を出されたの。白河が作った肴《さかな》と一緒にね。もう夜も遅いし帰らなくちゃと思ったんだけれど、つい飲んじゃったの。だって、ほら、さっきも言ったけれど、相手は老人だから、なんの企《たくら》みもないだろうと思って」

「でも、ちがっていた」

「ええ。白河は酔っ払った生徒を襲おうとしたの。私って、アルコールが入るとすぐに顔が赤くなるから、白河は私が二、三杯で酔ってしまったと思ったのね。実際には、ちっとも酔っていなかったんだけれど」

美咲はアルコールに強い。それは、真志歩も見ていて、よく知っている。酔っていなかったのなら、なんの被害もなく、逃げ切れたのではないか。真志歩はいくぶん安堵《あんど》しかけた。しかし、美咲は続けた。

「でも、どこでそれをやったと思う？　ダイニングキッチンよ。流し台には包丁さえ出ていたのよ」

真志歩は、これまでとは異なる衝撃に貫かれた。これまでは、性暴力の話だと思っていた。それだって充分に耳をふさぎたい話だったが、刃物が登場するとなると、さらに恐ろしい告白になるのか？

真志歩は、凝然と美咲の顔を見つめた。美咲は真志歩の凍《い》てついた視線を受けて、弱々しくほほえんだ。

「ううん。そういう恐ろしい展開じゃないの。なかったと思う」

「思う？」

美咲の唇から微笑が消えた。

「分からないのよ」

美咲は苛立たしげに頭をふった。栗色に染めた長い髪の毛が波のように揺れた。

「白河の腕をふりきって、部屋を飛び出した。白河は部屋の外まで追ってこなかった。タクシーを拾って家に帰りついた。そういう記憶はあるの。あるんだけれど」

美咲は自分の両手を見た。それが自分のものかどうか確かめるかのように念入りに。

「私は白河から逃れるために、流し台の包丁を手にした。その包丁を持ったまま白河と揉《も》み合っているうちに、白河の胸に包丁が突き刺さった。家に帰ってベッドに潜りこんでから、そういう場面がくりかえし目の裏に現れるの。白河の胸から血が噴き出すところも。それはそれは赤い血なの。まるでイクラをつぶしたような」

真志歩は、途方に暮れて聞いていた。慰める言葉が見つからなかった。美咲の目の裏に現れる光景が現実なのかどうか、訊くことさえできなかった。

美咲は両手から真志歩に視線を移した。

「包丁の出ている場所であんなことをするなんて、正気の沙汰ではないわね」

「でも」と、真志歩はなんとか喉から言葉を押しだした。「包丁は、思いを遂げるための必需品だったのかもしれない。いざとなったら、それで脅かそうと。何人も被害者がいるのかもしれない」

美咲の顔に、ぽかりと穴が穿《うが》たれた。行きどまりの道に開けた突破口とでもいった穴だ。

「そうね。そこは考えなかった。あいつは目をつけた生徒を何人も特別レッスンの名目であそこに呼び出して、酔っ払わせてレイプしていたのかもしれない。かもしれないじゃなくて、きっとそうにちがいない」

興奮した声で言った。

真志歩は迷いをふりきった。手を伸ばし、カウンターの上の美咲の手を握った。

「ねえ、確かめてみようよ」

「確かめるって、なにを」

「そのマンションへ行って、あなたの目の裏にくりかえし現れる光景が現実だったのか、想像だったのか」

美咲は、いったん目をつぶった。目尻に大きく皺《しわ》の寄るきついつぶり方だった。それから、美咲はぱっと目を開いて首をたてに動かした。

「ありがとう。私もそれを確かめたかったんだわ。でも、一人で行く勇気がなかったの。あなたなら、きっとそう言ってくれると知っていたんだわね、潜在意識の中で」

美咲は、自分の右手を握った真志歩の手に左手を重ねた。

5

白河清吾が学校長を務めている調理学校は、新宿駅が最寄り駅だ。しかし、美咲が呼び寄せられた白河のマンションは、新宿駅から出ている私鉄に乗って十五分ほどのC駅が最寄り駅だった。吾川駅と同じ路線なので、新宿行きに三十分乗ると、着く。新宿に近いせいなのかどうか、C駅前は北口南口どちらの側も、吾川駅とは比較にならないほど繁華な街並が広がっている。

もっとも、白河のマンションはその駅からバスで五分ほどのところにあった。バスの便はこの時間帯、一時間に三本ほどで、バスが時間通りに運行しているなら、数分前に出たばかりだった。真志歩も美咲も雨の中でバスを待っていられる気分ではなかったので、タクシーを使った。

着いた先のマンションは、なんの変哲もないグレーの細長い建物で、かなりの年代物と見えた。調理学校の校長の住まいとは思えなかった。美咲の考え通り、仕事場でしかないのだろう。

エントランスはオートロック方式ではなく、管理人室に管理人の姿はあったが、真志歩と美咲が前を通りすぎてもなんの関心も示さなかった。二人は難なく八階の白河の部屋にたどりついた。

真志歩がドアの横のドアフォンのボタンを押した。

一分待ったが、返答はなかった。真志歩は、半年前のことを思い出した。半年前、沈黙を守るドアのむこうでは、惨事が繰り広げられていたのだった。やはり今回も？　真志歩の胃がぎゅっと引き絞られた。

真志歩はさらに二、三度、ドアフォンを鳴らした。

相変わらず、応答はなかった。真志歩の傍らで、美咲の表情が徐々に不安の度を増している。

真志歩はドアノブに手をかけた。

あかない。

どういう状況が考えられるだろう？

白河は動きまわれる状態で、この部屋にはいない。

白河はこの部屋にいるが、応答できる状態にはない。

それとも……。

不意に、ドアのむこうで音がした。と思う間に、ドアが開いた。

河馬《かば》のような顔をした男が、河馬のように大きな欠伸《あくび》をしながら出てきた。

「五月蠅《うるさ》いな。なに」

男はまず真志歩を見、それから視線を美咲に移した。なんとも言えない表情が男の顔を駆け抜けた。

「いやあ」と、男は美咲にむかって言った。「なにか忘れ物？」

美咲の目が大きく見開かれた。唇が震えた。なにか叫び出す口もとだった。しかし、美咲は叫ぶ代わりに踵《きびす》を返して、通路を駆けていった。なぜかエレベーターではなく非常階段を使って下へおりていく。

真志歩は呆気《あっけ》にとられたが、すぐに美咲のあとを追った。ゆうべも美咲は非常階段を使って逃げたのだろうか、と考えながら。

走り出すのに遅れをとった分だけ遅く、真志歩は地上に着いた。美咲はそこで真志歩を待っていた。

美咲の頰は真っ赤に燃えていた。瞳は真っ黒に燃えている。美咲の体内に点《つ》いた怒りの炎の大きさが目に見えるようだった。

「なんで逃げたの」

真志歩は不満だった。河馬のような顔の男が白河にちがいない。〝いいおじいちゃん〞という美咲の表現から、もっと老人老人した男性を想像していた。しかし、それほど老人めいてはいなかった。頭髪こそ少なく、残った毛もほぼ白かったけれど、体格がよく精力的な印象があった。なにより、黒っぽいTシャツから伸びた腕は太く、たくましかった。魚や肉をたくみにさばいてきた腕だ。

美咲は大きく息をはいた。

「あいつの首に手をかけて絞め殺してしまいそうだったから」

真志歩は胸を衝《つ》かれた。同い年なのに美咲を年上に感じていた。外見だけではなく、内面もそうだと信じていた。しかし、実は真志歩と大差ないのかもしれない。経験不足で純情で傷つきやすい。

「ごめんなさい、逃げただなんて」

美咲は、真志歩に背中をむけて歩き出した。真志歩は半歩遅れてついていった。

「あの台詞《せりふ》、聞いたでしょう」

「なにか忘れ物？」

「盗人猛々《ぬすっとたけだけ》しい」

「全然悪びれていないね」

「自分が悪いことをしたと思っていないんだよ。ああいうのが悪いことだと思っていないんだよ」

「ひどいね」

二人はしばらく黙って歩いた。

バス停に着いたが、時刻表によればバスは十五分待たなければ来なかった。美咲はなにも言わず、歩みを進めた。バスに乗って五分ほどで駅前に着くなら、徒歩だと三十分かそこらだろう。真志歩も異は唱えなかった。

真志歩の脳裏には、いろいろと話したいことが浮かんでいた。しかし、歩きながらしゃべれることではない。

「なんか美味しいものが食べたいな」

美咲がぽつりとつぶやいた。そういえば、今日、真志歩はまだ朝食をとっていない。駅に近づくにつれ、飲食店が目立つようになった。二人は美味しいものが食べられるかもしれないカフェレストランに入った。

白と黒の色使いを基調にした、なかなかスタイリッシュなレストランだった。真志歩は白身魚のフライ定食、美咲はいか墨のパスタを選んだ。

「私が作る料理より下かもしれない」

パスタを三分の一ほど食べたところで、美咲はつぶやいた。

「そうね」

真志歩の白身魚のフライ定食もただ空腹を満たすためのものでしかなかった。

「私、もっと上手なシェフになりたかったんだけれどな。なれそうだと思ったんだけれどな、国原で」

美咲は独り言のように言った。

美咲は国原栄養学園をやめるつもりなのだろう。それが当たり前だと、真志歩は思った。

十二時をまわっていたこともあって、店内は混み合っていた。隣り合ったテーブルはすべて客で埋まっている。差し障りのない会話しかできない。

「ほかにもいい調理学校はたくさんあるわよ」

と、真志歩は言った。美咲はゆらゆらと首をふった。

「あるかもしれないけれど、あそこに入ったのは学校長の味に惚れ込んだためだから」

美咲は、ぐるりと周囲に視線をめぐらせた。左隣は中年の男女の客だった。右隣は若い男女の客で、背中のテーブルには二人の男性と三人の女性がいた。

「白河学校長が、料理の腕とは裏腹にあんなにひどい男だとは思わなかった」

美咲はやや高い声で言った。周囲の客の耳に届いただろうか。届いたかもしれないが、誰もふりむかなかった。なんの興味も引かなかったのだろう。

だったら真剣な話ができるかといえば、そうともかぎらなかった。レイプされかかったことにかんする善後策を、誰だってこんな混んだ店で話し合いたくはないだろう。

真志歩はさっさと食べ終わった。美咲はぐずぐずとフォークを使った挙げ句、パスタの三分の一を残した。

「華麗屋に戻る？　それとも、うちに来る？」

真志歩が電車に乗ってから訊くと、

「あなたのうちって、美味しいものがある？」

と、訊き返された。

「え、ないよ」

冷蔵庫の中には、牛乳と卵と調味料くらいしか入っていない。

「ホテル・ファンタスティコのケーキを買っていくか……でも、あそこのケーキ、そんなに私の口に合わないんだよね。ある意味、上品すぎるというか」

「美咲さんて、なにかあると食べたくなるほうだったのね？」

「美味しいものって、癒しじゃない」

「ああ、確かに」

「だから、国原に行って腕を磨きたかったんだけどな」

美咲は悔しそうにつぶやいた。

飲食店への夢そのものが潰《つい》えてしまったのだろうか？　美咲は、白か黒かをはっきりつけたい性格のようだ。幼時の記憶に残るほど美味しい料理を作る人間が必ずしも高潔な人格をもっているわけではないと知って、飲食店経営そのものに魅力を失ってしまった。そんなつぶやきに聞こえた。

「そうだ」

と、真志歩は思い出した。

「なに」

「吾川市立病院のそばに、いいコーヒーショップができたの。そこへ行ってみましょうか」

「へえ。美味しいの？」

「少なくとも、この間飲んだバナナジュースは美味しかった。それに、とても静かで話がしやすいの。病院のそばだから、麗香さんも診察が終わったらすぐに来られるわ」

「そう。じゃ、そこへ行こう」

真志歩の脳裏にあったのは、「モンカフェ」だった。着いたのは二時すぎで、思惑通り店内には誰もいなかった。雨降りなので、天窓からの光がない。その代わりに、ブラケットライトがオレンジ色の暖かな光を投げかけている。流れている音楽は、シューマンの「子供の情景」だ。

オーナーは、先日と同じようにカウンターのむこうで本を読んでいた。真志歩たちが入っていくと本から目をあげて、嬉しそうにほほえんだ。

「あら、いらっしゃい。また来てくれたんですね」

真志歩の顔を覚えていたようだ。

「はい。静かなところで美味しいものを食べながら、ちょっとむずかしい話がしたくて」

真志歩は先日と同じテーブルについた。

「そうなんですか」

オーナーは、美咲に素早い視線を送った。美咲は突っ立ったまま、点検する目で店内を見回していた。

「どうぞ。なにになさいますか」

オーナーは美咲に椅子を勧め、真志歩にメニューをわたした。

「今日のお勧めみたいなもの、ありますか」

真志歩は美咲にメニューをあずけ、オーナーに訊いた。

「今日はレモンパイがよく焼けたんですよ」

オーナーが答えると、美咲がメニューに視線をむけたまま訊いた。

「よく焼けないこともあるんですか」

「ありますよ」

「そういう時はどうするんですか」

オーナーは、美咲の不躾《ぶしつけ》な質問に微笑して答えた。

「自分で食べちゃいます。そして、ほかによくできたものを今日のお勧めにします」

「体に悪そうですね」

「そんなにいつも失敗ばかりしているわけじゃありませんから」

美咲はメニューから顔をあげ、オーナーを直視した。真志歩からはいくぶん挑戦的に見える表情をして、言った。

「それじゃあ、レモンパイとダージリンをホットで」

「レモンパイとダージリンのホット」オーナーは復唱してから、真志歩に「お客さまは？」

と訊いた。同じものを、と、真志歩は答えた。

注文の品は、迅速に運ばれてきた。そして、オーナーはこの間の時と同様、店の奥に消えた。

美咲は、レモンパイを一口一口嚙《か》みしめるように食べた。レモンの酸味とパイ生地の含む甘味が溶け合って、真志歩にはとても美味しかった。だが、美咲はどう感じているだろう。彼女の顔つきは化学薬品を吟味しているかのようだ。

「美味しいよね？」

真志歩は、英語で言えば付加疑問文のイントネーションで言った。美咲は小さく首をかしげた。

「そうね。私のカレーよりは美味しい」

「え。美咲さんのカレーだって美味しいじゃない」

「駄目、駄目。私の心が弱っているからといって、そんなお世辞は。あなた、私のカレーを一度も美味しそうに食べたことがないじゃない」

「そんなことはないよ。あなたの作るカレーは私の母親のとおんなじレベルだよ」

「あなたのお母さんって、カレーを作るのが上手なの」

真志歩は言葉に詰まった。真志歩を勘当した母親は、決して料理の腕がいいとは言えない。なんにでも砂糖を入れる欠点がある。

美咲は含み笑いをした。

「ほら、答えられない」

いつもの美咲が戻ってきている。真志歩はそう感じた。もっとも、目力はまだそれほど強くなってはいない。

「レモンパイ、効いたんじゃない？　ということは、充分に美味しかったということだわ」

「そうかしら」

美咲は黒目を一回転させた。それから、うなずいた。

「そうね。そうかもしれない」

「じゃあ、話そう」

「話そうって、なにを？　そういえば、あなた、さっきオーナーにちょっとむずかしい話がしたいと言っていたね」

「うん」真志歩は紙ナプキンで口をぬぐってから、続けた。「これからどうするか」

「どうするって、誰がなにを？」

「警察に届け出ない？」

「警察になにを届け出るの」

「とぼけちゃ駄目。今回の白河の行為だよ」

「うーん」

美咲は、テーブルに頬杖《ほおづえ》をついて考え込んだ。

「なにを考えることがあるの。白河のやったことは犯罪だよ。もしかしたら、いや、まちがいなくほかにも被害者がいるはずだよ。これからも被害者が出る可能性大だよ。放置しておいちゃいけないよ、絶対に」

「でも」と、美咲はなにか学問的な難題を考えている顔つきで言った。「果たして、警察は事件として受けとめてくれるかなあ」

「事件じゃないっていうの？」

「だってね、白河は私の二の腕に手をかけただけなのよ。その瞬間に私は立ち上がって、あとも見ずに部屋を出てしまったの」

「でも、それはなにかされると感じたからでしょう？」

美咲は大きくうなずいた。

「セクハラって、した側の意図ではなく、された側の受けとめ方だと言われているわよ」

「ほら、性暴力ではなく、セクハラに格下げしちゃったでしょう、佐藤さんの頭の中でも」

真志歩はまごついた。そう言われれば、具体的な話を聞いて、イメージがレイプからセクシャルハラスメントに瞬間移動している。

「バッグを持って靴をはいて、とても冷静に行動したのよ、私。逃げ足にもならず、マンションを去ったわ。そういうの、マンションとかあるいはむかいのコンビニの監視カメラに写っているかもしれない。そうしたら、私の訴えが真実かどうか疑われるんじゃないかなあ」

美咲は、口もとを歪《ゆが》めて溜め息をついた。

「せめてキスしようとするところまで我慢すべきだったかな」

「馬鹿言わないで」

真志歩は思わず高い声をあげた。

「一度そういう体勢になったら、逃げられなくなったかもしれない。いくら老人とはいえ、あの太い腕だよ。逃げて正解」

「まあ、そうだよね」

美咲は、天井を見上げて沈黙した。

真志歩も、言う言葉がなくなった。警察に届けても、なんの役にも立ってくれないかもしれない。だとすると、警察官に話をするのは美咲の心の傷を深めるだけかもしれない。いまここではなんでもない顔をしているけれど、美咲の心は傷ついているにちがいないのだ。あんなふうに真志歩を呼び出したくらいなのだから。

しかし、真志歩はこうも思う。夜遅く、男と二人きりの部屋で、腕に手をかけられたのだ。状況からいって、性行為以外のなにかが予想されるだろうか。予想されないと思う。そして、美咲はその直後すぐに部屋を出たのだ。性行為の拒否と認められるだろう。とすると、警察はレイプ未遂として捜査をはじめてくれるのではないだろうか。

悶々《もんもん》と考えていると、店のドアが開いた。真志歩は飛び上がりそうになった。喫茶店なのだから、客が入ってくるのは驚くことではない。喫茶店だということを忘れさせるくらい落ち着いた空間であるにしても。

どんな客だろうとドアをふりむいて、真志歩はまた驚いた。刑事の瀬戸だった。いつものスーツ姿ではない。ライトブルーのポロシャツにジーンズというラフなスタイルだ。

ちょうどいい、相談できる、と思ったが、連れがいた。女性だ。女性だ。

年齢は三十歳前後か。細面に鈴を張ったような目とおちょぼ口、日本的な美人だ。しかし、濃い目の化粧がなよやかさを打ち消している。髪はパーマっけのないショートカットで、装いは白と茶の縦縞模様のシャツブラウスに白いワイドパンツ。大きなバッグとローヒールの靴。アクセサリーは少し大きめの金のピアスのみ。やり手のキャリア・ウーマンといった雰囲気を発散している。

瀬戸の……なんだろう？　土曜日の昼下がりに一緒に喫茶店へ来るくらいだから、恋人だろうか。

真志歩が茫然《ぼうぜん》と女性を見つめていると、瀬戸が「やあ、お久しぶりです」と美咲に笑いかけた。真志歩には、「偶然だね」と言う。

瀬戸は、女性にたいして真志歩や美咲との関係を隠すつもりはないようだ。もっとも、隠さなければならない関係ではないわけだけれど。

「ほんとに」

と、真志歩は気をとり直して言った。

「今日は、お仕事、お休み？」

「そう。刑事だって、土曜日に休むことはあるよ」

「吾川市って、あまり事件がないものね」

「そう、ありがたいことに。あ、そうだ」

瀬戸は連れの女性に掌をむけた。

「こちら鵡川《むかわ》さん。富士見保険の」

「富士見保険？」

「はい。よろしくお願いします」

鵡川は、大きなバッグから手早く名刺を出して真志歩と美咲にわたした。名刺には「富士見保険　営業部　鵡川早百合《さゆり》」とあった。

瀬戸が真志歩と美咲の紹介をする。

「こちらは、僕が贔屓《ひいき》にしていたカレー屋さんの店長の柚木さん。そして、こちらは佐藤さん、この間、和田さんの調査を手伝ってもらった」

「ああ」

鵡川と真志歩が同時に声をあげた。友人の保険営業員というのは女性だったのか。

「先日はお世話になりました」

鵡川が頭をさげた。真志歩は椅子から立って頭をさげ返した。

「いいえ、結局なんのお手伝いもできなくて」

美咲が興味深げに三人のやりとりを見ている。その目からは、いままでの霞《かすみ》がかかったような弱さが消えていた。強い目力が八割方復活している。

「あの」

カウンターのほうから声がした。いつの間に戻ってきたのか、この店のオーナーがコップをふたつ載せたトレイを手に、控え目な微笑をたたえていた。

「どちらにお座りになります？」

「あ、ええと、座っていいですか」

瀬戸が真志歩たちのテーブルを目で指した。

「ええ、瀬戸さんに相談があります」

思わず口走ってから、真志歩は美咲を見た。美咲の了解をとらずに相談していいことではない。

美咲は表情を変えずに言った。

「鵜川さんのほうはいいんですか。お仕事のお話とはちがうんですか」

「いえ、仕事ではありません」

鵜川ではなく、瀬戸が答えた。鵜川は若干、眉をひそめたように見える。しかし、決定権を握っているのは、瀬戸と目力をとり戻した美咲だった。

「どうぞ。お座りになって」

「ありがとうございます」

瀬戸は、美咲と真志歩の間に座った。鵜川の席も美咲と真志歩の間だ。丸テーブルで椅子は四脚しかなく、真志歩と美咲がむかいあって座っていたのだから、必然的にそういう形になる。

鵜川は、無表情で椅子に腰をおろした。内心、面白くないのかもしれない。

瀬戸と二人だけで座りたいんじゃないのかな、と真志歩は思った。

瀬戸は真志歩や美咲を真似て、レモンパイとダージリンを注文した。鵜川は、アイスコーヒーのみの注文だった。

店内の音楽は「子供の情景」から真志歩の知らないピアノ曲に変わっていた。ゆったりと、心を落ち着かせるような曲だ。環境音楽というものかもしれない。四人は、音楽に耳をかたむけているかのように、しばらく黙っていた。

オーナーが注文の品を運んできた。そのあとオーナーは、店内にとどまった。カウンターのむこうで、ひっそりと文庫本を手にとった。

「ん、おいしい」

瀬戸がパイを一口食べてつぶやいた。そこで会話がはじまった。美咲が訊いた。

「佐藤さんが手伝った調査って、どんなものだったの」

「調査というほどのものじゃないの。ある入院患者さんとお近づきになるはずだったんだけれど、すぐに退院してしまって、顔すら見られなくて」

「へえ？」

「あんなに早く退院しちゃうなんてね。その入院の費用も請求してきている？」

瀬戸が鵜川に訊いた。

「いえ、まだ」

「詐病というわけじゃないんでしょう？」

「前の四件は、実際に怪我をしていますからね」

「怪我？　四回も？」

美咲が聞き咎《とが》めた。

「そう。半年に四回」

「自傷癖でもある人なんですか？」

「その辺は分かりません。精神科医に相談したんですが、怪我の仕方が自傷癖のある人とは異なるようだと言われました。ただ、本人を直接診《み》なければ診断はできない、とも。でも、お客さまに精神科へ行ってみては、と言うのはちょっとね……」

鵜川はもの思わしげに黙り込んだ。

ふたたびテーブルは静まり返った。四人は飲食に専念した。

6

レモンパイをあらかた食べ終えたところで、瀬戸が口を開いた。

「ところで、相談って?」

真志歩が返事をするより早く、

「相談というわけではないんです」

美咲が鋼のように硬い調子で言った。あ、やはり私がしゃべっちゃいけないんだ、と、真志歩は口のチャックをしめた。

「ある友人のことなんです」と、美咲は続けた。「その人は、ある教室にかよっているんです。その教室の講師に心酔していて、その講師の技を体得したいと考えていたんです。で、数日前のことなんですが、その講師から特別にレッスンを授けるから、自分の仕事場に来るように言われたんです」

「危ない」

鵜川がつぶやいた。美咲は鵜川を一瞥《いちべつ》してうなずいた。

「まったくその通りです。でも、相手は地位も名誉もあり、おまけに友人より半世紀は長く生きている人なんです。彼がもっと若ければ友人も用心したかもしれませんが、性的なものはひとつも感じられませんでした。だから、彼の技が体得できるかもしれないと、友人は喜んで指定された場所へおもむいたんです」

美咲は言葉を切り、水の入ったグラスを手にとった。何時間もしゃべったあとのように、一気にグラスを飲み干す。

「それで？」

結果を見通したしかめっ面で、瀬戸は先を促した。

美咲はゆっくりとグラスを置いた。

「技を一通り教わったところでお酒が出され、酔ったころあいを見計らって、講師は友人の腕に手をかけてきたのです。友人はすぐさま部屋を飛び出しました」

「なにもされずに？」

「腕に手をかけられました」

「それだけ？」

「ええ」

「そういう場合」真志歩は、低い声で口をはさんだ。「警察は被害届を受理してくれるでしょうか」

「被害届？」

瀬戸は、天を仰ぐ仕種《しぐさ》をしてから訊いた。

「その人は、逃げる際に怪我かなにかしたんですか」

「いえ、ひとつも」

「相手は、腕に手をかける時、なにか言いましたか」

「なにか？」

瀬戸は真志歩の顔を横目で見て、かすかに頬を赤くした。

「ご婦人の前では言いにくいな。その、なにか卑猥《ひわい》な言葉を」

美咲は少し考えてから、言った。

「卑猥な……聞いていません。とにかく、いきなり腕に手を」

「じゃあ、蚊がとまっていたので叩こうとしたのかもしれませんね？」

「そういう動作かどうか、された側は分かりますよ」

真志歩は憤然と言った。瀬戸は静かに返した。

「しかし、相手にはそう言い逃れる余地がある」

美咲は浅くうなずいた。

「そうですね。あるいは、彼はこう言うかもしれない。決して彼女の意思を無視してなにかしようとしたわけではない。誘ったが、拒絶されたのでそのまま帰した、みたいなことを」

「誘う言葉があったんですか」

「いいえ。でも、言った言わないは、二人きりの空間では当事者にしか分からないことでしょう。彼女が否定しても、彼があくまでも誘ったと言い張れば、彼にとってあまり不利な状況には見えないわね。なにしろ彼女は、怪我ひとつ負わず無事に部屋を出ているのだから」

美咲は、人《ひと》ごとのような冷静な分析をした。真志歩は唇を噛んだ。

「悔しいな」

「ほんとね」

と言ったのは、いままで黙ってやりとりを聞いていた鵜川だった。

「その人、きっと何件も前科がありますね。腕に手をかけられただけではすまなかった人もいるでしょうし、これからも被害を受ける人が出てくるかもしれないわ。なんとかしたいわね」

三人の女子の六つの目が一斉に瀬戸にむけられた。瀬戸は、真剣な面持ちでその視線を受けとめた。

「正直に言いますね。いまの話を聞いただけでは、事件として捜査するのはむずかしいと思いますよ。柚木さんの言う通り、言い逃れできる要素がたくさんあるから。ただ、ご本人から直接話を聞いたわけではないから、確実とは言えませんがね」

瀬戸は、美咲の顔を正視して言った。

「その人に署へ相談に来るように言えませんか。セクシャルハラスメント担当の部署があるんで、そこへまず話をもっていってほしいんですよ」

美咲は瀬戸の目を見返して、すぐにはなんとも答えなかった。鵜川がその隙間に言葉をはさみこんだ。

「もっとひどいことをされた人が名乗り出てくれれば、なんとかなる可能性はあるんじゃないかしら」

「もっとひどいことをされた人！」

なるほど、と、真志歩は美咲を見た。

「捜して、口説いて、警察に届けさせる？」

「いい考えかもしれない」

美咲は宙を凝視して言った。鵜川が首をたてに動かした。

「そう思うでしょう。以前なら、被害者を捜そうとしてもよほどのことがなければ名乗り出てくれる女性はいなかったかもしれないけれど、＃ＭｅＴｏｏ運動のおかげで、案外簡単に見つかるかもしれませんよ」

＃ＭｅＴｏｏ運動というのは、二〇一七年にアメリカのＳＮＳではじまったセクシャルハラスメントを告発する運動のことだ。

鵜川は言ってから、むかいの瀬戸を軽く睨んだ。

「それにしても、男性って、どうしてこうも女性の気持ちを無視した行動ができるのかしらね」

「女を道具としてしか見ていないからでしょう」美咲が間髪をいれずに言った。「欲望を処理するための道具、遺伝子を残すための道具、家事をするための道具」

「そんなの、昔の男性の考えじゃないんですか。いまはもうちょっと男性の認識が変わってきていると思うけれど」

真志歩は、中学や高校の同級生や裕貴の顔を思い浮かべながら言った。彼らがそんなふうに女性を見ているとは思えない。というか、そんなふうに見ていたとしたら、辛《つら》すぎる。しかし、鵜川が断固として首をふった。

「そりゃ、日本では、私たちの世代の男性は男女平等の教育を受けているし、世間の風潮もセクハラやDVには厳しくなっているから、いくらかマシかもしれませんよ。でも、女たちが手綱を緩めたら、元の木阿弥《もくあみ》になるんじゃないかしら。女を道具と見る考えは、彼らの遺伝子に組み込まれているんだと思うわ。それが証拠に、紛争地帯や、女性にも男性同様の人権があるのだという教育が行き届いていない国々では、未《いま》だにレイプが横行しているでしょう。ケニアでは高齢女性がレイプから身を守るために護身術を習っている、という記事を読んだことがありますよ」

「え、おばあちゃんたちが？　子供たちの身を守るためですか？」

「いいえ、自分の身を守るためです。年老いた女性と性交渉すれば、すべての罪が消えるとか、エイズが治るとか信じられている、という記事だったわ」

あまりに荒唐無稽な話で、真志歩は言葉がなかった。

「女性の体は癒しの道具でもあるわけね」

美咲は、怒りを通りこしてしまったのか、冷笑を浮かべている。

「だからね」と鵜川は、拳を突き上げる勢いで言った。実際には、彼女の両手は行儀よく膝の上に置かれていたのだけれど。

「男性には、女性も男性と同じ人間なのだ、尊敬と信義をもって接しなさいと、くりかえし言い聞かせなければならないのよ、骨の髄までしみ込むほど」

瀬戸は、椅子の上で居心地悪げに腰を動かした。

「僕は、決して女性を道具だなんて思っていませんよ。尊敬していますよ、人間として。だから」

「だから？」

「女性も男性への差別意識をなくしてほしいな」

「どういうこと」

鵜川が追及する。

「つまり、男性は泣くべき生き物じゃない、とか、男性が女性を守るのは当然だ、とか、男性が家庭の大黒柱だ、とか。つまり、世間が型にはめた男性像を差別だと認識してほしいんですよ」

瀬戸の言うことも一理ある、と真志歩は感じた。しかし、美咲も鵜川もそうは思わなかったようで、速射砲のように言葉を交わした。

「そういうのに、差別という言葉を使うべきではないですよ」

「そうよ。女性にたいする差別意識は、深刻な問題を生むのよ。性的被害を受けるのはもとより、学校教育を受けさせてもらえないとか」

「中東のどこかの国の若い女の子が親の決めた結婚をさせられそうになって、国外逃亡した、なんていうニュースも昔のことじゃないですよね」

「そう、そういうこともありましたね」

瀬戸は、ものすごく苦い丸薬をものすごく苦い薬湯で飲み干そうとしているような表情をした。

「差別じゃなかったら、なんて言えばいいんでしょう」

小声で訊いた。

「固定観念ぐらいでいいんじゃないかしら。男性像にたいする固定観念を捨ててほしい、って」

言ったのは、美咲でも鵜川でもなかった。モンカフェのオーナーだった。オーナーは、いつの間にか水のピッチャーを持ってテーブルに来ていた。

「女性四人に男性一人じゃ、不利ですよね」

にこやかに言いながら、四人のグラスに水を注ぎ足していく。

四人？　そうか。オーナーを入れれば確かに四対一だ。でも、オーナーは瀬戸の味方になりそうだけれど？

その時、店のドアが開いた。

「お待たせ」

入ってきたのは、麗香だった。モンカフェの場所を教えるメールに、診察が終わりしだい行くという返信が来ていたのだ。四時五分すぎ。診療時間は三時間も前に終わっている。とはいえ、日頃の土曜診療の終了時間から見れば、意外に早い登場だ。

真志歩は思わず笑った。

「五対一になった」

「え、なに？」

聞き返しながら、麗香は店内を見回した。

「あ、いらっしゃいませ。こちらのお連れさまですね？」

オーナーが機敏に隣のテーブルから椅子を一脚持ってきて、真志歩と鵜川の間に追加した。

その瞬間、瀬戸が立ち上がった。それから、彼女も立ち上がった。

「あ、僕たちはそろそろ」

鵡川が目を大きくして瀬戸を見上げた。

「そうね。お邪魔しました」

真志歩と美咲に目顔で挨拶して、レジへむかった。オーナーが「少しお待ちください」と麗香に言って、急いでレジに入っていった。

鵡川は瀬戸が財布を出しかけるのを手でとめて、支払いをした。

「またあとで連絡しますよ」

と、瀬戸は真志歩に言って、鵡川と店を出ていった。

二人はどういう関係なのだろう。真志歩は考えるともなく考えた。瀬戸は女性に奢《おご》られて、悪びれた様子もなかった。もしかしたら、二人は家計が同じなのだろうか。

いや、こんな発想が出てくるのは、奢るのは男性だという考えが底流にあるからだ。そういう考え方自体が、男女の役割を固定化する一因なのかもしれない。AはBに調査を依頼した。だから、AがBにご馳走した。主語と目的語を無個性化すれば、つまり性別をとりのぞけば、二人の関係を深いものかもしれないと勘繰る発想はなくなる——こんなややこしいことを考えなければならないなんて、面倒でしようがない。いっそのこと、性別なんかなくなればいいのに。

「お似合いのカップルね」

麗香の声がして、真志歩は我に返った。

「カップル？」

美咲が聞き返す。

「瀬戸君、ああいうラフな格好だと、刑事に見えない。案外、魅力的ね」

「二人はカップルじゃないと思うよ。保険会社の社員とお客。それだけの関係」

美咲は、生徒のまちがいを正す教師のような口調で言った。真志歩は二人の会話を黙って聞いていた。

「そうだったの？」

「麗香は、男と女が一緒にいるとすぐに恋仲だと思っちゃうから」

「あら、そんなことはないわよ。公的な関係か私的な関係かくらい分かるわ。瀬戸君が彼女を見る目はかなり親密だった。彼女のほうはそうでもなかったけれどね」

「ふーん。じゃあ、恋仲じゃなく、瀬戸君の片想《かたおも》いと見たほうがいいんじゃないの。私はそうは思わないけれど」

麗香は、それ以上反論しなかった。注文のレモンパイとアイスティが来たからだ。

「今日、まだお昼を食べていないの」

パイの大きな一切れを口に運びながら言った。美味しいおやつを味わうというよりは、空腹を満たす食べ方だ。あっという間に食べ終えて、さらにチョコレートシフォンケーキを注文した。

真志歩も美咲も、麗香の食べっぷりを眺めていた。なにか大事なテレビ中継でも見ているように、二人ともむっつりと黙りこくって。

麗香は、シフォンケーキを半分ほど食べたところでやっと人心地ついたらしく、フォークを皿に置いた。

美咲が口を開いた。

「そういうのって、体に悪いと思うよ」

「しようがないわよ。医者という職業は、自分の体を壊しつつ他人の体を治すのが宿命なんだから」

「政府によれば、お医者はほかの職業の倍、残業をしてもいいんだものね」

「そう。彼らは、医者が特別性の体力をもっていると思っているらしい」

「どうしたら、医療改革ができるんでしょうねえ」

真志歩は溜め息まじりに言った。病院の片隅に席を置いた以上、真志歩も人ごとの顔はしていられない。麗香はあけっ広げな笑みをこぼした。

「医療秘書さんたちがもっと活躍する」

「私たちの仕事なんて、たいしたことないと思いますけど」たいしたことないのは自分だけかもしれないけれど。

「そうでもないわ。患者紹介のレターを書いたりするのだって、十年前に医療秘書を導入するまではけっこうな手間だったんだそうだから。私はそのころまだ医学生だったから、実感はないけれど。でも」

麗香は、グラスの水で喉を潤してから言った。

「医療教育というものを、学校に取り入れるべきかもしれない」

「え、どういう教育をするんです」

「まず病院の使い方。空《す》いているからといってわざわざ夜間診療に受診する患者がいるんだけれど、それは医療資源の無駄遣いだと知ってほしい」

言っているうちにあれこれ思い出したのか、麗香の口調は激してきた。

「それから、救急車をタクシー代わりに使って来る患者がいたりするのよね。当直の時、夜更けに救急車で来られて、慌てて診察すると、八度かそこらの熱で、それも昼間から出ていたなんて聞くと、がっくりするわよ。昼間から発熱していたなら、病院の開いている時間帯に来て内科にかかれよと思っちゃう。発熱は外科医の領分じゃないんだから。それどころか、救急車の出動する場面でもないんだから。国民皆保険制度をこの先もつづけたいなら、一人一人が医療資源を大事にしてくれなくちゃ」

麗香が一息ついたところへ美咲が、

「麗香が問題にしているのは医療資源なの、医者の働きすぎじゃなくて？」

茶々を入れた。麗香は鼻白んだように言った。

「え？　いえ、医者の働きすぎよ、もちろん」

「学校で、ほかにどういう教育をすればいいと思います？」

真志歩は話をもとに戻した。

「そうね。基本的な体の状態とか」

「体の状態？　正常な脈拍とか血圧とかですか？　それって、保健体育で習った覚えがあるんですけど」

「そんな序の口の話じゃなくて、たとえば咳が出た時、どういう咳ならば医者に診てもらったほうがいいか、とか」

「どういう咳なら、お医者さんにかかったほうがいいんですか」

「血のまじった痰《たん》が出たり、乾いた感じの咳が長い間つづいたり、高熱をともなっていたり、胸痛があったり……風邪《かぜ》の咳なら、栄養をとって暖かくして寝ていれば治るんだから、医者にかかる必要なし。ましてや、大きな病院に行くのは愚の骨頂」

「って、授業で教えろって？　そんなの、聞いたはしから忘れるよ」

美咲が一蹴し、真志歩も同調した。

「まあ、そうかもしれませんねえ」

麗香はちょっと唇を尖らして、黙り込んだ。残っていたシフォンケーキを二口で食べてしまう。それから、言った。

「夕飯、どうしようか」

からっとした声だ。妹たちの無理解など、シフォンケーキと一緒に飲み込んでしまったようだ。

「美咲、なにか準備してくれているの？」

「ううん。今日は作る気になれない」

「へえ？」

麗香は妹の顔を眺めたが、美咲はなにも言わなかった。しれっとした表情で、貝のように口を閉ざしている。麗香も理由を問いつめたりしなかった。

「じゃ、どこでなにを食べる？　なにが食べたい？」

「そうね。ホテル・ファンタスティコで、コース料理かな」

「豪勢なチョイスね。誰がお金を出すの」

「誰も。だって、実際には行かないから」

美咲はつまらなそうに言った。真志歩はほっとした。医療秘書の給料でホテル・ファンタスティコのコース料理を食べたら、最低でも十日は昼食抜きの生活をしなければならなくなる。

「吾川市立病院のレストランでもいいよ。あそこの味、気に入っているから。とくにハンバーグ定食」

「夕飯を食べるために病院へ戻るなんて、ご免だわ。いいわ。ファンタスティコに行こう」

「え？」

「二人に奢ったげる。なんといっても、私は高給取りと世間から見なされている医者だからね。どんなに残業しても残業代は出ないけれど」

真志歩も美咲も呆気にとられて麗香の顔を見ていた。麗香はナプキンで口もとをふき、それからバッグを持って立ち上がった。

「なにしているの。行きましょう」

「もう？」

「ホテルに着いたら、ちょうどいい時間になるわよ」

でも、レモンパイとシフォンケーキを食べたばかりなのに？　とは思ったが、口にはしなかった。真志歩も立ち上がった。

ホテル・ファンタスティコ内の中華料理店で食事した。コース料理ではなく、二、三品ずつ注文して三人でシェアした。真志歩は、母親に勘当されてからはじめて食べる高級な料理だった。コース料理とどちらが高くついたか分からなかったが、とても美味しかった。杏仁豆腐《あんにんどうふ》で締めると、三人とも満足して吐息をついた。

食後は居酒屋に立ち寄ることもなく、そのまま別れた。

別れてから、真志歩は気づいた。食事の席で、美咲が白河にされかけたことを一言も持ち出さなかったことを。

麗香には家に帰ってから打ち明けるのだろうか？　多分そうなのだろう。上等のディナーを食べている最中に話題にしたいことではない。

7

日曜日だ。空は曇っているけれど、雨は降っていない。真志歩は九時半に心の中で「エイヤッ」とかけ声を出して起き、洗濯をはじめた。

昨日は楽しかった。美咲の身に起こったことを考えれば、楽しいというのは不謹慎かもしれない。でも、一日気兼ねなくつきあえる人と一緒にいて、やっぱり楽しかったという表現が一番心情に合っていた。

十時半には洗濯ものを干し終わっていた。量が多かったので、半分はいつも通り猫の額より狭いバルコニーに干し、もう半分はユニットバスの中に干した。

あとはなにをしよう？

勉強？　医療秘書としての。

真志歩は、蒲団《ふとん》を取り払った炬燵《こたつ》の上を横目で見た。そこには、図書館から借りてきた医療関係の本が積まれてある。貸し出し限度の五冊。来週には返却しなければならないのに、まだ一冊も読み終えていない。

どうせなら、この間ぶらっと立ち寄った古書店で見つけた小説を読みたい。最近好きになった作家のデビュー作だ。まだ読んだことがなかった。擬古文で書かれていて、医療関連の本よりも難解そうだけれど、面白さではまさっているにちがいない。

もう一度、真志歩は炬燵の上を見た。今度は横目ではなく、正面から。そこには本以外のものが載っていた。

私には、読書よりも、もっとしたいことがある。

真志歩は腰をかがめ、炬燵の上のスマホをとりあげた。

電話帳から『彼』を呼び出す。『彼』というのは前島裕貴だ。昨日は美咲からの電話で彼にかけそこなった。今日はどうしても裕貴の声が聞きたい。

思い切って、裕貴の電話番号をタップした。

呼び出し音が十回つづいた。真志歩は弱気になった。裕貴はまだ眠っているのかもしれない。たとえ眠りを破られても機嫌をそこなうような人ではない。でも、起こしてしまうのはかわいそうかもしれない。厳しい職場で、休めるのは日曜日だけなのだ。

切ろうとした瞬間に、表示が通話中になった。

「もしもし」

裕貴の声だ。眠そうではない。声の質はどちらかというとアルトだが、落ち着いていて、耳に心地よい。真志歩の心拍が二割方ました。

「あ、真志歩です」

「はい。ひさしぶり」

「ひさしぶり。眠っていた？」

「ううん。洗濯していた」

「あ、私とおんなじ」

こんなささやかな偶然にも、真志歩の心は躍る。

「そう？　もうじき終わるから取りにいかなければならないんだけれど」

「え、どこへ。コインランドリーでお洗濯しているの？」

「ちがう。洗濯機、外の通路にあるから」

「へえ？」

「部屋、狭いんだ。洗濯機置き場、玄関ドアの横に設けられているんだよ」

「そうなんだ。不自由だね」

「そんなこともない。部屋にはほとんどいないから」

「そう。いつも残業？」

「残業と休日出勤」

「勤めて何カ月経っても変わらないんだね」

「何カ月といっても、まだ三カ月だから。あと半月しなければ、試用期間が終わらない」

試用期間が終わったら、少しは暇になるのかなあ。デートできるのかなあ。そう言いたかったけれど、声にならない。

二人をつなぐ電波に、短い沈黙がまじった。しゃべりたいことがたくさんあるはずなのに、いざとなると思いつかない。

裕貴の空咳が伝わってきた。それから、裕貴は言った。

「そろそろ会いたいという電話をしようと思っていたんだけれど」

「え」

真志歩は、スマホを耳にぐいと押し当てた。聞きまちがいではないだろうか。ほかの通信が混入したとか？

「会いたいって、言った？」

「うん」という裕貴の声はおそろしく低かった。まるで、会いたいと言ったことを後悔しているかのように。

裕貴はぼそぼそと続けた。

「本当はゆうべ電話しなきゃと思っていたんだ。でも、研究所を出たあと先輩に誘われて飲みにいったら、帰りが遅くなってしまって。それで、できなかった。今日あたり会えるかと思っていたんだけれど」

真志歩の心臓がぴんぴんぴんと、子兎《こうさぎ》のように元気よくはねている。

「今日あたり会えるかと思っていたの？」

「うん。でも、無理っしょ？」

「なんで無理なの」

「これからだと、遅くなってしまう」

「遅くたっていいじゃない」

「いや、そういうわけにはいかないよ。やっぱり一時とか二時までに会わないと、帰りが夜になってしまう」

夜になってしまってはまずいの？　一時か二時の待ち合わせなら、充分行けるよ。そのどちらを口にするか、真志歩は瞬時、迷った。夜に会うというのは、魅力的な設定だ。なんといっても、人の多い夕方よりは寂しさの募る夜のほうが別れ際、離れがたい気分にさせられるだろう。離れがたい、つまり、このまま朝まで一緒にいたい、という思いが生じないともかぎらない。しかし、裕貴の台詞は夜を回避したがっている気持ちを示唆している。裕貴の気持ちに沿うなら……。

「一時か二時の待ち合わせなら、充分行けるよ」

　真志歩は言った。

「そうなの。女の人って、外出までに時間がかかるんじゃやないの」

「私は全然。どこで会いましょうか」

「そうだな。そっちはどこがいい」

　真志歩は、四年以上も東京に住んでいるのに、新宿だの渋谷だのをろくに知らない。吾川市から最も近い都会は八王子で、そこに行けばなんでも用が足りたからだ。しかし、裕貴の住まいがあるのは、台東区だ。東京の東の端だ。茨城県にある研究室と都心にある本社と両方に行くのに便利な場所ということで選んだらしい。そして、そこから東京の西にある八王子はとても遠い。裕貴からアパートの住所を知らされた時に地図アプリで調べたから、よく知っている。まさか八王子で会おうとは言えない。

　しかし、二人の中間地点といえる新宿や渋谷のどこを指定すればいいのだろう。スマホに教えを乞うたとしても、実際に行ったことのある場所でなければ、安心できない。

　真志歩が途方に暮れていると、裕貴が言った。

「羽田空港はどう？」

「空港？」

「僕、まだあまり東京の街に馴染んでいなくて。あそこなら、まちがいなくお茶を飲める場所がある。それに、展望デッキで飛行機の発着も見られるし」

「飛行機を見るのが好きなの？」

「真志歩ちゃんは嫌い？」

「ううん。いいと思う、とても」

真志歩は提案に飛びついた。空港まで時間がかかるけれど、裕貴が飛行機を見たいのなら、それでいい。なにごとも裕貴優先だ。

時間と場所を打ち合わせて、電話を切った。現在十一時数分前で、待ち合わせは一時半。吾川から羽田まで二時間近くかかる。Tシャツに短パン姿だった真志歩は、大車輪で外出の支度をした。

着るものを考えている時間はない。白い半袖ブラウスにジーンズ……ではなく、紺のフレアスカート。市立病院で瀬戸と出くわした時にはいていたスカートだ。あの時、瀬戸は真志歩の足に目をむけていた。裕貴の目も引くかもしれない。裕貴にも足を見せたことがない。

いや、そうでもないか。祖父と裕貴の母親の結婚式に出た時、真志歩はフリルで飾られたピンクのワンピースを着ていた。長さは膝ぎりぎり。裕貴はすでに真志歩の足を見ているはずだ。だが、あの時は親類になる女の子の足などに気がまわっていなかったかもしれない。真志歩にしても、祖父の妻になる人の息子など気にもとめていなかった。彼がどんな服装で参列していたかなんて、覚えていない。覚えているのは、「仲良くしようね」と言った時のやさしい笑顔だけだ。

不思議なことだ。初対面ではなんの関心ももたなかった人に、いまはこんなにも心を熱くしている。

昨日は、性別なんかなくなればいいのに、と思った瞬間がある。しかし、いまこの瞬間の真志歩は思う。心を熱くして人生を豊かにするために、性別はなくてはならない、と。

真志歩は、鏡の中の薄く化粧した顔を数秒見つめた。どこか物足りない。もう少し艶《つや》やかさがほしい。

ふっと、皮をむきかけたリンゴのペンダントヘッドを思い出した。あれが首できらめいていれば、もっと華やいだだろう。長くてきれいな首に目をとめて、さらにはブラウスの胸元まで魅《ひ》きつけられるかもしれない。しかし、「リンゴの気持ち」に立ち寄って買っている暇はない。

それに、と真志歩は自分に言いきかせた。裕貴には実家でさんざん普段着姿の自分を見せているのだ。いまさら着飾ってどうするのだ。

いや、普段着姿を見せていたからこそ、ひさびさに会う時には目を見張ってもらいたいのだけれど。

ひさびさ。一体どれだけ会っていなかったのだろう。

大学三年生の夏休みに帰省した時に、まばたきを数回するよりも短い時間、顔を合わせた。真志歩は八月二十日に吾川に帰る予定にしていたのだが、夏風邪にかかって実家での滞在が三日ほど長引いた。その長引いた三日目に、裕貴が札幌から帰省してきたのだ。真志歩が空港へ行くために玄関で靴をはいていたところへ、裕貴がドアをあけて入ってきた。二人とも目を丸くし、交わした言葉といえば、「まだいたの」「いま帰るところ」「もうとっくに帰っているんじゃなかったの」「夏風邪をひいちゃって」「それは大変だったね」そんな程度だ。真志歩は母親に急《せ》かされて、ばたばたと家を出なければならなかった。

指折り数えてみて、真志歩は驚いた。あれから一年十カ月にもなる。

そんなに長い間会えなかったのに、彼への思いをじっと胸に秘めていたのだ。なんて健気《けなげ》なのだろう、と我ながら思う。なにがこんなにも私を裕貴に魅きつけるのだろう、とも。

だが、その長かった一年十カ月を吹き飛ばす時間がこれからはじまるかもしれない。はじめなければならない。

一時半ぎりぎりに、羽田空港に着いた。待ち合わせ場所は第二ターミナルビルの五階にある展望デッキ。

真志歩が走ってガラス扉を駆け抜けると、デッキにはすでに裕貴の姿があった。フェンスによりかかって発着場を眺めている。一年十カ月前と変わらない後ろ姿だ。ほっそりとして、手足が長く、優美だ。

なにも言わず後ろから飛びつきたかったけれど、真志歩は我慢した。

「待たせてごめんなさい」

ゆっくり近づいて、声をかけた。

裕貴もゆっくりした動作でふりかえった。ちょっとまぶしそうな目をしたのは、ひさしぶりの真志歩に照れたからなのか。

「やあ」

と微笑んで、真志歩の顔を眺めている。ややあって、

「元気そうだね」

真志歩の健康状態を点検し終えたかのように、そう言った。

真志歩は小首をかしげた。

「裕貴さんは、ちょっとお疲れ気味？」

もともと細面だったが、頰の肉がさらに落ちたようだ。一重瞼の切れ長の目が、肉が落ちたせいだろうか、一年十カ月前よりも大きくなっている。ある意味、さらに男前があがったとも見える。さらさらした髪の毛が少し長めになっている。あるいは、床屋に行く時間もあまりとれないのか。

裕貴はウフッと弱く笑って真志歩の質問には答えず、フェンスのむこうに顔をむけた。真志歩も裕貴に並んで視線を移した。滑走路の彼方《かなた》に海があった。曇天の空を映して、暗い色だ。

海を認識してから、潮の匂いを感じた。その前には淡くレモンのような香りが鼻先にあった。裕貴のシャンプーかなにかの香りだ。裕貴は忙しくても、きちんと清潔を保っているのだ。

しばらく二人は黙って風景を眺めていた。空気のすべてが水分で占められてしまったような天候だったが、潮風に吹かれているとその不快さが持ち去られていく。デッキには家族連れが何組かいたが、子供の笑い声も軽やかに耳に響く。

こういう時間も悪くない、と真志歩は幸せな気分で思った。一年十カ月ぶりなのだから、つもる話は山ほどある。だけれど、沈黙が心地よい。おしゃべりをしなくても親密な時間をともにできる関係。すでに二人はそういう境地に達しているのだ。そんなことを、真志歩は考えるともなく考えていた。

海の一角から煌《きら》めきが現れた、と思った次にはもう大きなジェット機になって、轟音《ごうおん》を立てながら滑走路に舞い降りた。

それを合図にしたかのように、裕貴が口を開いた。

「お昼ご飯は食べた？」

「いいえ」洗濯をしながら、トーストを二枚食べトマトジュースを飲んだ。だから、お昼を食べる必要性を感じていなかった。「裕貴さんは？」

「まだ。お昼ご飯どころか朝ご飯も食べていないよ」

「あら、じゃ、食べなくちゃ」

「うん」

デッキにも飲食店はある。しかし、二人はそこは通りすがりに眺めただけで、下の階へおりていった。

「どこか美味しいお店を知っている？」

「いや。実は羽田には詳しくないんだ」

「え？」

「羽田に来たのは、これで六回目」

「六回？」

「去年、就職の面接に来た時の往復と、就職が決まって部屋探しに来た時の往復と、そして東京に引っ越してきた時と、今日」

「そうなんだ」

修学旅行では飛行機を使わなかったのだろうかと思ったが、訊くのはやめた。なにか事情があって、修学旅行に行っていないということもありうる。

「でも、私も空港のレストランには詳しくないな。ここで食べるなんてこと、滅多にないもの」

「ああ、そうだろうね」

二人は、出発ロビーにあるレストランに入った。時間が時間なので空いてはいなかったが、奥まった静かな席を確保することができた。裕貴はハンバーグカレー・セットを注文し、真志歩は軽めにパンケーキ・セットをとった。

「裕貴さんは、日曜日はいつも朝ご飯抜きなの？」

「日曜だけじゃなく、毎日そうだね」

「えー、それでお昼まで食べないの？」

「うん。下手をすると夕方まで食べないこともある。仕事に熱中していると、空腹を感じないんだ」

「体に悪いよ、それ」

「でも、慣れているから。学生時代もおんなじようなものだったよ」

「そうなの」

「そういう点では、大学院にいるのも会社勤めしているのも、似たようなものかな」

注文の品が来た。朝食抜きの裕貴は、がっついた様子もなくフォークとナイフを使った。しとやかと形容したいくらいだった。昨日の麗香のほうがよほど見事な食べっぷりだったと、真志歩は可笑《おか》しかった。

「真志歩ちゃんは、ちゃんと毎日朝ご飯を食べているの」

「うん、食べている」

「病院に勤めはじめたんでしょう。それでも朝ご飯を食べる時間を作っているなんて、えらいね」

「ま、たまに寝坊して、抜くこともあるけれどね」

「どんな仕事なの」

真志歩は微苦笑した。裕貴が自分の身辺に興味をもってくれていると知って、嬉しい。しかし、せっかく裕貴と会っているのに仕事を思い出すのは、いささか辛い。

「たいしたことしていないよ、まだ見習いだから。裕貴さんのほうはどうなの。どういうお薬を研究しているの」

「薬じゃないんだな、これが」

裕貴は、不満そうな顔をした。真志歩でなければ見分けられないような、ほんのわずかな感情の表出だ。裕貴は、札幌での院生時代にはガンに効く薬を開発したいと言っていた。母親がガンの末期患者を診るホスピスの看護師だったことから、そういう発想が生まれたらしい。

「じゃ、なんの研究？」

「うーん、言っていいのかどうか分からないけれど」

「企業秘密？」

「と言うほどのことじゃないと思う。前からある製品のバージョンアップだから。ざっくり言うと、機能性表示食品だね」

真志歩は表情を変えたくなかったけれど、少しだけ目が大きくなるのを止められなかった。

「食品なの」

「機能性表示食品だから、まあ、レトルトやインスタント食品を開発しているわけじゃないよ」

裕貴は、いくらか強い調子で言った。薬品ではなく食品の開発部門に配属されたせいで、裕貴のプライドは多少なりとも損なわれているのかもしれない。

「製薬会社に就職したのにね」

「食品会社が薬を研究開発している場合もたくさんあるからね。企業は多角化が必要なんだ」

「そうなんだろうね。電機製品の会社が車の研究開発する時代だものね」

裕貴はうなずいた。

「それに、いまは真志歩ちゃんと同じく、僕も見習いだからね。あちらこちらの部署を一通り経験させられているんだと思うよ」

「そうだよね。それでなかったら、宝のもち腐れになっちゃう」

テーブルに、ふっと沈黙がおりた。裕貴はうつむいてカレーを口に運んだ。

真志歩の喉に、訊きたくてたまらない質問がせりあがってきた。裕貴が就職を選んだと聞いた時から胸に萌《きざ》した疑問だ。言っていいとは思えないのに、言いたい気持ちを抑えられない。

「博士課程に進まずに就職したのは、私のお母さんがなにか言ったから？」

ん？　と裕貴は顔をあげた。

「学費とかそういうことを、なにか言ったのかしら。お母さんが出しているわけでもないのに」

真志歩の母親は、祖父が、つまり自分の父親が再婚したことを憎悪している。裕貴の母親の紀久子が嫌いだからというわけではないだろう。誰と再婚しても、母親は気に入らなかったにちがいない。祖父にはなにも言っていないようだけれど、紀久子にたいする母親の態度はひどいものだ。もちろん、その息子の裕貴にたいしても、まちがっても笑顔をむけない。

「だとしたら、ごめんなさい。裕貴さんの将来をねじ曲げてしまって」

真志歩は手を合わせた。母親のせいで、真志歩は恋を成就できずにいるのだ。母親の代わりに謝ったからといって、事態が好転するわけでもないけれど。

裕貴は一瞬の間《ま》をあけてから、言った。

「ううん、そういうことじゃない。幸子《さちこ》さんは、きみのお母さんは、べつになにも言っていないよ。そもそも、ほとんど話をしないわけだし」

真志歩は、裕貴の顔を見つめた。裕貴の表情は凪《な》いだ湖面のように静かだった。とりたてて嘘を言っているようには見えなかった。母親が裕貴と話をほとんどしないというのは、真志歩の知るかぎり事実でもあった。

「じゃあ、どうして急に就職することにしたの」

「ううん、そうだな」

裕貴は、額にかかった前髪を指先ではらった。研究者としての能力に限界を感じたから、とは言わなかった。

「前にも言ったように、まわりのみんなが続々と就職しはじめたからね。アカデミーに残るのは容易じゃないし、たとえ残ったとしても、パーマネントの職を得られる保証はないし。知っている？　いまじゃ、准教授だって、非正規雇用で不安定な身分の人たちが多いんだよ」

「そうなの？　でも、裕貴さんなら正規の教授に……」

「いやいや、そんなアテにならない未来を夢みて、いつまでも親に苦労をかけているわけにはいかないよ」

言ってから、裕貴は真剣な眼差《まなざ》しを真志歩にむけた。

「僕の母は、僕の学費を出してもらうために、弘太郎《こうたろう》さんと結婚したわけじゃないからね」

言葉は、ずしんと真志歩の心を打った。裕貴は、真志歩の母親の疑念を知っているのだ。紀久子が祖父の弘太郎と結婚したのは、祖父の資産が目当てだという疑念を。

そりゃあ、そうだ。母親は裕貴母子にあんなに邪険な態度をとりつづけているのだから、どんなに鈍感な人だって、いろいろ考えるだろう。まして、裕貴は鈍感な人ではない。鋭敏すぎるくらい鋭敏だ。

祖父がもっと裕貴母子をかばうべきなのだ。しかし、祖父は動かない。娘の態度に気づかないほど家族に無関心な人ではないはずなのに、床の間の置き物のようにでんと構えている。少なくとも、真志歩が実家にいる間はそうだった。祖父はなにを考えているのだ？　男というものは、嫁と姑《しゅうとめ》の間に口をはさむべきではない、とか？　幸子は祖父の娘であって、母親ではないけれど。

真志歩は深くうつむいた。涙がにじんでくるのを、裕貴に見られたくなかった。こんなことを話し合うために、今日裕貴と会ったのかと、心底悲しかった。

「あの」という裕貴の低い声がした。「どうかした？」

どうかしたかと訊くほど、あなたは鈍感だったの？　鋭敏な人だと思っていたのに。そういう言葉が真志歩の脳裏をかすめたが、しかし言えるわけがなかった。この人と喧《けん》嘩《か》したいわけじゃない。

「あのね」と、裕貴は黙っている真志歩にむかってつづけた。

「母が弘太郎さんと結婚する時、後押ししたのは、僕なんだ。母は僕が大学院に進みたがっていることを知っていたから、看護師を辞める気はなかった。つまり、僕の学費を稼ぎつづけようとしたんだ。だから、弘太郎さんに結婚を申し込まれた時、断ろうとした。看護師を辞めてほしいと言われたからね」

真志歩は顔をあげた。はじめて聞く話だった。しかし、いかにも祖父の言いそうなことだ。

「女は結婚したら家庭を守るのが仕事、というのがおじいちゃんの考えだからね」

「そういう考えがあったのかどうかは分からないけれど、年が年だからあと何年生きられるか分からない。一分でも二分でもできるだけ長く一緒にいたい、という口説き文句の末に出てきた要求だったみたいだよ」

「まったくまあ」

としか言えない。頭髪は真っ白で、鋭い眼光に鷲《わし》っ鼻、部下を叱り飛ばしている祖父の姿は想像できても、女性を口説いている姿など想像もつかない。どういう顔で紀久子に結婚を申し込んだのだろうと、いまさらながら思う。祖父が紀久子と結婚しさえしなければ、真志歩は裕貴に出会うこともなく、恋をすることもなかっただろう。赤い糸で結ばれていれば、いずれ出会ったかもしれないけれど、こんなふうな遠慮をともなう恋にはならずにすんだはずだ。

「だけど、僕は母に幸せになってほしかったんだ。母は僕を育てるためにずうっと働きづめだったし、ほかにも結婚話は何度かあったらしいけれど、僕のために断りつづけていたことを知っていたから」

「うちのおじいちゃんなら、紀久子さんを幸せにできると感じたの？」

「前の奥さんを幸せにできた人なら、次の奥さんも幸せにできるでしょう？」

「前の奥さんって、幸せだったのかなあ」

男は信用できない、と常々真志歩に言いきかせていた祖母だ。祖父が浮気をしたのも二回や三回じゃなかったのだろうと、真志歩は睨んでいる。祖父は祖母にたいしてはワンマンだったし、祖母が抜きんでて幸せだったとも思えない。平凡が最大の幸せといえば、そうかもしれないけれど。

「幸せじゃなかった、と？」

裕貴は、やや不安そうに訊いた。自分に言い聞かせるように続ける。

「でも、前の奥さんがホスピスに入ってからの三カ月間、弘太郎さんは毎日病院にかよって、奥さんの話し相手になったり、痛いところをさすってあげたり、とにかく奥さんの面倒をこまめに見ていたって。病院でそういうことをする夫は、弘太郎さんが最初というわけじゃないけれど、あんまりいないって母は言っていた」

「それで、紀久子さんはおじいちゃんを好きになったの？」

「それでかどうかは分からないけれど、前の奥さんがホスピスに入院して間もなく、母はしょっちゅう弘太郎さんを話題にしていた。大学受験の勉強にいそしんでいる僕を相手に！」

裕貴は大げさに目を細めた。いま現在、紀久子のおしゃべりを五月蠅がっているかのように。真志歩は思わずクスッと笑った。

「それはまあ、ご愁傷さま」

「やっと笑ったね」

と、裕貴は言った。裕貴の口もとにも微笑がさしていた。

「え」

「真志歩ちゃんは笑っているのが一番いい。暗くなったのは、僕がつまらないことを言い出したせいだけれど」

分かっていたのか。

ああ、そうなのだ。裕貴はそういう人なのだ。祖父や父親のように、女の気持ちに鈍感だったり、気づいてもなんのフォローもしなかったりする男性ではないのだ。

「さて」と、裕貴は真志歩の目を覗《のぞ》きこむようにして言った。「真志歩ちゃんは元気だ」

「ええ、元気よ」

「幸子さんから勘当されても、たいして堪《こた》えていない」

「うん、そうね……お母さんから勘当されたことを知っていたの？」

母親に勘当されてからの裕貴との数回の電話の中で、真志歩は勘当されたことを打ち明けていない。ただ、実家に帰って就職するという昨年までの予定を取り消した、ということだけを伝えている。

「そりゃ、弘太郎さんとまったく連絡をとりあっていないわけじゃないからね」

「おじいちゃんは、勘当に同調していないのよ。おかげで助かっているわ」

「そういうことを、たまに弘太郎さんに電話で話してあげたら？」

「おじいちゃんに電話かあ」

そういえば、祖父とはほとんど連絡をとりあったことがない。母親に勘当されたあと、祖父が銀行にお金を振り込んでくれた時に一度、電話したことがあるきりだ。それは、真志歩が小学生の時にお年玉用のお金を貯《た》めるために祖父が作ってくれた口座で、今年二度目のお年玉をくれたのかと勘違いしてお礼の電話を入れたら、「これからはお母さんの代わりにアパート代を出してあげる」ということだった。それじゃあ自立にならない、と思いながらも、アパート代であらかた消えるだけの給料しかもらっていない現在、拒否するような心意気は持ち合わせていない。

「心配しているよ、弘太郎さん」

裕貴は諭すような調子で言った。

ふっと、真志歩はある種の洞察をもった。裕貴が真志歩に会いたがったのは、弘太郎にたのまれたからではないのか。母親から勘当された孫がどうしているか確かめてきてくれないか、と言われたからではないか。

そんなことはない。裕貴は純粋に真志歩に会いたかったのだ。あるいは、弘太郎から様子見をたのまれていたとしても、裕貴自身が真志歩に会うことを望んでいたから、今日のこの再会になったのだ……。

今日のこの再会！　デートという言葉が迷いもなく使えないのが哀《かな》しい。

「どうしたの。また、黙っちゃったね」

裕貴は眉をひそめた。

真志歩はアイスティのグラスに口をつけ、上目遣いで、

「近いうちに電話する、おじいちゃんに」

一拍おいて、「そうしたら、裕貴さんはお役ご免？」と言おうとして、なんとか思いとどまった。あっさりとうなずかれたら、目も当てられない。代わりに、言った。

「それでも、紀久子さんがおじいちゃんを好きになったのは不思議」

「不思議って？」

「だって、おじいちゃんは七十代で、まあ、おじいちゃんよね。紀久子さんは知り合ったころ、まだ五十代はじめだったでしょう。ほぼ親子の年齢差じゃない。おじいちゃんを男性として見られたのが不思議。裕貴さんはそうは思わない？」

「うーん。そうだな」

裕貴は、水の入ったグラスをとりあげた。真志歩が母親に言われて目にとめた、小指をたてる持ち方だ。桜貝のような爪をもった、ほっそりと美しい指、優雅な動き。

裕貴は口を湿らせてから言った。

「母は父親のいない家庭で育ったからね。ずっと父性に憧れていたんじゃないかな。そこにいかにも昔ながらの父性を感じさせる、それでいて妻にやさしい弘太郎さんが現れて、魅かれたんじゃないかな」

裕貴も父親のいない家庭で育った。幸子から聞いたところによると、父親が誰かさえ

知らされていないらしい。

「裕貴さんも、父性を感じさせる人が好きなの？」

裕貴の頰が、パッと桜色に染まった。

「え、どういう意味？」

「だから、おじいちゃんと紀久子さんの結婚に素直に賛成できたの？」

マザコンなのに、母親をほかの男性にとられるのは嫌じゃなかったの？　とまで言うのは、さすがに控える。

「いや、僕は母が誰と結婚すると言っても、賛成したな。札幌の大学に進学すれば、母が函館《はこだて》に一人になってしまうし」

腕組みをして、少し考えてから、つけくわえた。

「でも、もちろん、母を不幸にしそうな人だったら、反対したけれどね」

真志歩はうなずいた。

「運命って、奇妙なものだよね。おばあちゃんが末期ガンになってホスピスに入院しなければ、おじいちゃんは紀久子さんと巡りあうこともなかったし、紀久子さんとおじいちゃんが魅かれ合わなければ、私たちが出会うこともなかったし」

真志歩は、私たちが出会う、というところを強調したつもりだが、裕貴は、

「そうだね。奇妙なものだね」

さらりと受け流しただけだった。

8

裕貴の美しい指が、さりげなく伝票に伸びた。二人の食器は水のグラスも含めて空っぽになっていた。

とはいえ真志歩は、もう出るの？　という気分だ。この店を選んだのは、長居できそうだったからなのに。

「あ、またデッキに行く？」

慌ただしく財布を出しながら訊いた。

「いや、今日はもう満足したよ」

裕貴の美しい指は伝票をつかんで離さない。いまにも立ち上がろうとしている。

「待って。私の分、いくらだったっけ」

「いいよ。今日は僕の奢り」

「よくないよ。男と女が対等になるためには、無闇に男性にお金を出させるべきじゃないもの」

裕貴は、突然背後から肩を押されたような顔をした。伝票を手もとに置いて、座り直す。

「あのー、ええと、真志歩ちゃんって、そういう考え方をする人だったの」

真志歩は赤くなった。フェミニストだと思われたかもしれない。そんなご立派なものではない。

「あの、つい最近、そういうことを考えさせられる場面に出くわして。女性が差別されているというだけじゃなく、男性も男性としての役割を押しつけられて、きつい思いをしているのかもしれないな、って」

裕貴は、ほんのりと微笑した。真志歩にプラス一点を追加、そういう微笑に見えた。

「男性という型を作って、その型に当てはまるように行動しなさいという世間の圧力は、確かにしんどいと感じる時はあるよ。ただ、経済的な不利益はまちがいなく女性のほうに多いからね。哺乳類の雌がどれほど損な役割を担っているか、知っている？」

「え、哺乳類の雌？」

真志歩は戸惑った。ヒトも哺乳類ではあるけれど、哺乳類としての自分など、考えたこともない。

「あのね」と、裕貴は天井に視線をむけて言った。そこに台本のアンチョコが書かれているとでもいうように。

「雌は妊娠すると、胚《はい》の発生や保護や栄養の供給といったすべての負担を引き受けることになるだろう。胚が成長すれば移動なんかの行動エネルギーの負担が増えるし、動きが鈍くなるから捕食者につかまる確率も高くなる。出産後は大量に乳を生産して、子供に与えなければならない。一方の雄は、育児を一緒に行う種はべつにして、生殖にかんしてほぼなんの負担もともなわない。これって、不公平なことだよね？」

「まあ、そうね」

「で、霊長類が登場すると、生殖の負担を雌だけに負わせないシステムを作れないかと工夫するようになったんじゃないかな。そして、ヒトが編み出したのが、経済的に男性が女性を支える仕組み」

懸命に裕貴の思考を追っていた真志歩は、こつんと小さな石に蹴躓《けつまず》いた気がした。遠慮がちに言った。

「それって、女は家庭、男は仕事、という前近代的な発想に聞こえるんだけれど。女は黙ってうちにいて、子育てをしていろ。女は子供を産む道具」

「うん。一歩まちがえると、そういうシステムになってしまうね。でも、次世代を生み育てるための分業と考えれば、男女どちらにとっても最も利益になるシステムだよ。なにしろ、人間にかぎらず有性生殖をする生物は、自分の遺伝子を未来につなげていくために存在しているんだから」

真志歩は、まじまじと裕貴の顔を眺めた。裕貴がこんな考えをもっているとは知らなかった。

いや、そもそも、真志歩は裕貴のなにを知っていただろう。五年前、大学の入試に合格するために一夏ずっと数学を教えてもらったけれど、余分な会話、つまりお互いのことをもっと知ることができるような会話は、まったくと言っていいほどしてこなかった。数学と縁が切れたあとだって、たとえば「元気？」とか「いまなにをしている？」とか、いわば天気の話をしていたようなものだ。それでは実質的な会話とは言えない。

「でも、ほら」と真志歩は、なんとか異を唱えた。「人間は遺伝子を残すためにだけ生きている生物ではないでしょう。やっぱり自分自身の生き方を求めなくちゃ」

裕貴は真志歩を見返した。その切れ長の目を、ふっと切なさがよぎった。

「そう、ヒトは、生物のあるべき姿から逸脱してしまった。自分が遺伝子を乗せた乗り物だということを忘れて、さまざまな欲求をもつようになってしまった。自分自身が幸せになることが人生の最大の目的だと勘違いするものも出てくるようになってしまった。いや、いまではそちらのほうが多数派だ。類人猿のままでいれば、こんなことにはならなかったのに」

どうしてそんな切ない目をするの？　真志歩は息苦しさを覚えた。これ以上、反論する気が萎えた。それに、国立の理系の大学院を出ている人にたいして、太刀打《たちう》ちできる能力もない。それでも、もう一言だけ、よろよろと言った。

「類人猿のままのほうがよかったって？」

「うん。彼らは、自分の生きざまを悩まない。生み育てることに理屈をこねない」

「あの、でも、子供を生めない人もいるんだから、そういう考えはちょっと……」

裕貴の目の中の切なさがますます増してくる。手を伸ばして肩を抱いてあげたくなるような。

なんなの、これ？　私、無条件でこの人に弱い。

裕貴は視線を下げ、それでようやく切なさが隠れた。

「知っているよ。僕だって、生き物が単なる遺伝子の乗り物じゃない、というくらい。ただ、そう考えきれればいいな、と思っているだけ」

「じゃあ、考えきれていないというわけ？」

「もちろん。もっとも、結婚前とあとの母を見ていると、男女は分業したほうがいいのかなと思うけれどね。でも、ヒトの男の中にも、生殖の負担を一方的に女性に押しつけてトンズラしちゃう輩《やから》がいるから」

裕貴の念頭には、自分の父親があるのではないだろうか。真志歩がもれ聞いたところでは、裕貴の父親はほかの女性と駆け落ちしてしまったらしい。それも、裕貴が生まれる直前に、だ。結婚していたはずが、籍が入っていなかったということも、裕貴の出生届の際に分かったらしい。

切ないどころではない。想像するだけで全身の血が沸騰しそうなほどひどい話だ。同時に、裕貴がよくこんな素敵な青年に育ってくれたと感謝したくなる。感謝の相手は……やっぱり紀久子だろう。

裕貴の手がふたたび伝票に伸びた。

「あ、それ」

裕貴は伝票をつかんで、身軽に立ち上がった。

「奢らせてよ。僕たちは男と女じゃなくて、叔父さんと姪《めい》なんだから」

真志歩は、頭に冷水を浴びせられた思いで裕貴を見上げた。裕貴はかぎりなくやさしい笑顔をしていた。

「だって、裕貴さん、おじいちゃんと養子縁組していないじゃない」

「うん、していないよ」

「だったら、私たち、叔父と姪なんかじゃないよ」

結婚だってできるよ、と心の中でつけくわえた。

裕貴は軽やかに手をふった。

「まあまあ、そう固いことを言わないで、今日は僕に奢らせて。どう考えても、僕の給料のほうが高いんだから」

「じゃあ」真志歩は思いついた。「次は私に奢らせて。あの、つまりコーヒーショップで飲物かなにかを」

「いや、今日はもう飲み物はいいよ。明日の仕事の準備があるから」

もうお別れ？　やっとお互いを知ることのできる会話をはじめたばかりなのに。

「真志歩ちゃんの仕事は、論文とか読む必要はないの？　医療秘書って、なんだかむずかしそうな仕事に思えるけれど」

「あ、うん。勉強はしなくちゃいけないの。治験なんかも手伝うんだよ、そのうちに」

「へえ。じゃ、もしかしたら、いずれ僕の作った薬もあつかってくれるようになるかもしれないね」

裕貴の作った薬を治験者にわたす。手から手へバトンをわたすリレーのような光景が真志歩の目の前をよぎった。それから、真志歩は我に返った。病院はそんなに長くいられる職場じゃないのだ。

「でも、私、転職するかもしれないから」

「どこへ」

「警察」

「警察？」

「誘ってくれる人がいるの。お正月に知り合った刑事さん」

もっと話をつづけたいなら、ほら、椅子に座り直して。刑事さんのこと、知りたいでしょ？

しかし、裕貴は伝票を持って立ったままだ。

「ふーん。でも、それって、弘太郎さんが心配するだろうな」

弘太郎さんではなく、あなたに心配してほしいんだけれど。

真志歩は裕貴を見つめた。裕貴は視線を店内にむけた。

「なんかやたら混んできたね。どうしたんだろう。中止になったフライトでもあるんだろうか」

混んではきたが、真志歩の見渡すところ、満席というわけではない。しかし、食べ終わってから長らくテーブルを占領しているのは、店に迷惑だろう。少なくとも、気遣いの裕貴はそう考えているようだ。真志歩は立ち上がった。

「じゃあ、ご馳走さま。次回は必ずお返しさせてね」

「次回、ね」

裕貴はうなずいた。これで、次のデートの約束ができたと考えていいだろう。それにしても、短いデートだった。

喜び半分、落胆半分で、真志歩はレストランを出た。

京急線で品川まで一緒に出たあと、真志歩は山手線の内回りに乗る裕貴と別れた。

「じゃ、またね」

「ああ。また」

実にあっさりしたものだ。

吾川駅に着いたのは、まだ五時になる前だった。

時間をもてあまして、真志歩は「リンゴの気持ち」に立ち寄った。あの、リンゴのペンダントヘッドをもう一度見てみたいという思いが強かった。

しかし、ショーケースの中に目当てのネックレスはなかった。売れてしまったのだろうか。

レジを見た。先日の店員がいた。しかし、高校の制服を着た女の子の相手をしている。包装紙でなにかを包みながら、「あら、そうなの、いいわね」などと親しげに言葉を交わしている。

「リボンは何色がいいかしら？」

「んー、どうしようかな」

なかなか終わりそうにない。

ん？　店員を見直して、真志歩は気がついた。あの店員ではない。ずいぶん似ているけれど、彼女より体格がいいし、なによりも声がちがっている。前の店員はキャンディをふくんだような甘い声だったのに、こちらはしゃがれ気味のセクシーな声をしている。

「好きな色は青だと言っていたけれど」

「女性へのプレゼントは、やはりピンクか赤が定番よ」

待てよ。この声、聞き覚えがある。瀬戸が鵜川から調査をたのまれた、和田多真美ではないか。治ったはずの足の痛みを訴えて市立病院に入院していた、カーテンの仕切りを絶対にあけさせせようとしなかった患者。

そうか。やはり、彼女もここの店員だったのか。

店の隅から、真志歩にむかって人影が近づいてきた。

「いらっしゃいませ。なにかお探しですか」

見ると、和田の見舞いに来ていた小塚だった。というよりも、ここの店長というべきだろう。

小塚のほうも、真志歩に気がついたようだ。嬉しそうに口もとをゆるめた。

「来てくれたんですね」

「ええ、はい」

覚えられているとは思わなかったので、真志歩は少しどぎまぎした。

「あの、リンゴのペンダントヘッドが気にかかって」

「と言うと、前にもいらしてくださったんですか」

「ええ」

「どのリンゴでしょうか。リンゴと言ってもたくさんあるんですが」

「確かにリンゴはたくさんありますけど」

しかし、ショーケースの中には、リンゴの形のペンダントヘッドがついた鎖は一本もない。リンゴの形であるのは、リングやピアスばかりだ。

「デザイナーさんは、リンゴがお気に入りなんですね」

小塚はにっこり笑った。

「リンゴをモチーフにした商品はすべて、私のデザインです」

「え、そうなんですか。店長さんはリンゴが好きなんですか」

「ええ、好きですよ」と言って、小塚は、背後の壁をちらりと見やった。

「なにしろ、女性がこの世界で最初に男性にさしだしてくれたプレゼントですからね」

「女性が？」

小塚の動きにつられて、真志歩は小塚の背後の壁を見た。さまざまなリンゴでにぎやかなほかの壁とちがい、そこには西洋風の絵画が描かれていた。ギリシャ彫刻のような顔立ちの男性にリンゴをさしだす金髪の美女が描かれている。リンゴの木や葉でたくみに胸や下半身を隠されているが、男性も女性も裸体のようだ。

どうやら、旧約聖書の一部を題材にしているらしい。血腥《ちなまぐさ》い小説と医療秘書関連の本を除いてなんでも読む真志歩は、ミルトンの『失楽園』も読んでいる。

「アダムとイヴ、ですか」

「そうです。このごろはそういうことを知らない若い女性も多くなってしまって」

小塚は、嘆かわしい気持ちを表わして鼻の頭に皺をよせると同時に、瞳孔を大きくして真志歩への賞讃《しょうさん》を表わすという複雑なことをやってのけた。

「でも、その絵には、蛇が描かれていないんですね。アダムを誘惑したのはイヴだけれど、イヴを誘惑したのは蛇、つまりサタンでしょう」

「アダムにリンゴを授けたのはイヴであって、蛇ではありませんからね。肝心なのは、人類の始祖の行動です。イヴが知恵の実を与えてくれなければ、アダムは一生生まれた場所で暮らすことに満足して、世界に出ていくことなど考えもしなかったでしょう、ほかの類人猿と同様に」

ははあ？　小塚は裕貴と正反対の考えをもっているらしい。小塚は、類人猿の一種族がヒトになったことを歓迎しているようだ。類人猿のままでいたかった裕貴よりも、小塚のほうが普通といえば普通かもしれない。

小塚は、伸びている背筋をさらに伸ばして真志歩に視線を戻した。

「というわけで、女性がはじめて男性にさしだした果物だからこそ、リンゴを装飾品の形で必ずひとつは身につけておいてほしいのです。ペンダントヘッドでもリングでもピアスでも、なんでもかまいません。リンゴはまちがいなく、男性の心を揺さぶります」

「男性の心を？」

裕貴の心も揺さぶるだろうか？　真志歩は考えた。

胸もとでリンゴのペンダントヘッドが光れば美しく見えるだろうと思ったけれど、美しい以上に、男性の心を揺さぶる効果があるというのだろうか。それではまるで媚薬《びやく》ではないか。媚薬なんか使って思いを遂げるって、セクハラじゃないの？　考えつつも、口が勝手に言う。

「あの、皮がむきかかったリンゴのペンダントヘッドなんですけれど」

「ああ」と、小塚はうなずいた。一瞬、目が妖しい光を放ったように見えた。しかし、態度はあくまでも客に接する店長だった。

「おかげさまで、あれは売れました。でも、あれがお気に入りだったのですね」

「ええ。でも、買うかどうか迷っていたので、きっぱり諦めがつきました」

「諦めないでくださいな」

と、小塚は頰をくすぐる春風のようなソフトな調子で言った。

「あれが目にとまったということは、あれが必要な心境なのです」

「必要な心境？」

小塚はうなずいたが、説明はしなかった。

「むきかけのリンゴのアクセサリーをいま作っている最中です。ペンダントヘッドではなく、ピアスですが。それが完成したら、連絡しましょう」

「え、でも、高いんじゃないですか」

「ピアスはネックレスよりもずっとお安いですよ。それにちゃんと来てくださったお礼に、二割引きにしましょう」

真志歩はぐらついた。二割引きにむかって倒れる前に、かろうじて言った。

「でも、私、ピアスしたことないし」

親が反対するから。でも、その親から勘当されたのだから、ピアスする自由も獲得したのか？

「穴をあけるの、痛くないですか」

「なんでもありませんよ。注射するよりも簡単。ちょっとチクッとするだけです。私がしてあげますよ」

「小塚さんが？」

「ええ。腕には自信があります」

小塚はソフトな声音で、しかしかなり強引に押してくる。

「ここに連絡先をお願いします」

と、どこから出したのか、メモ用紙とボールペンをショーケースの上に置く。

真志歩は、催眠術にかかったようにそのボールペンを手にした。その時、ふと右肩に痛みを感じた。

ふりむくと、レジにいた和田とおぼしき店員がこちらを見ていた。こちら、というよりも真志歩を。見る、というよりも、睨んでいるといったほうが当たっていそうだ。嫉妬が業火のように燃え盛っている目つきだ、そう感じた。彼女が小塚に恋をしているのはまちがいない。そうして、真志歩の連絡先を知りたがっている小塚に立腹している？　つまり、真志歩に嫉妬している？

私なんかに嫉妬する必要はないのに、と真志歩は思った。しかし、すんでのところでボールペンをショーケースの上に戻した。

「やっぱりやめておきます。私、ほしいのはペンダントヘッドであって、ピアスじゃないから」

そう言って、店を出た。

先日の店員も途中でなにやら激情にかられた表情になった。あの時は真志歩にむけられたのではなく、和田多真美をめぐっておかしくなったのだけれど。

この店はどこか変だ。近寄らないほうが無難かもしれない。リンゴのペンダントヘッドには未練があるけれど。

9

新しい週がはじまった。

「今週からは、他病院への患者紹介レターを作成してもらいます」

月曜日に出勤するなり、小笠原に言われた。

レターは端末内にフォーマットがあるからそれほど苦労はないはず、と考えたのは早計だった。二日後に紹介レターの作成が回ってきた際、カルテの末尾にあった「M1」という略語が分からなかった。病院内ではしばしば略語・専門用語が使われる。真志歩は医学辞典を調べたけれど、載っていなかった。

小笠原に訊こうとしたが、小笠原は待合室の患者となにやら話しこんでいた。ベンチに座っている患者の目線に合わせて、床にひざまずいている。そうやっているところは、とても親切そうな女性だ。しかし、会話が終わるのを待っていたら、また叱られるかもしれない。

なんにせよ、医学用語の略にちがいない。真志歩は、患者の症状を記した部分に「M1」をつけくわえた。完成させて打ち出し、はじめてのレターだから、担当医にチェックしてもらうために書類箱に入れた。

小笠原が眉を吊り上げて真志歩のもとにやってきたのは、真志歩が仕事を上がろうとしていた矢先だった。

「ちょっといらっしゃい」

看護師がいようと事務員がいようと、いつもはところかまわず叱りつけるのに、小笠原は真志歩を事務室から連れ出した。人影の少ない眼科の待合室まで行ってから、

「あなたはいつになったら略語を覚えるの」

低いが、確実に怒気を含んだ声で言った。

「私、なにかしたでしょうか」

真志歩も低い声で訊き返す。眼科の待合室には、人数こそ少ないけれど、診察を待つ患者がいるのだ。

「なにかじゃないでしょう。今日打った患者紹介レター、どうして余計なことまで書き込むの」

「余計なこと……」

「M、なんの意味か教えたでしょう」

「いえ、教えられていません」

小笠原は般若《はんにゃ》の顔になった。しかし、教えられていないのはまちがいない。わずか一文字の略語、いくらなんでも忘れるはずがない……それとも、略語は簡単でも、ものす

ごく専門的な用語をさしていて、真志歩の頭はザルのようにとりこぼしてしまったのだろうか。

「Mは面倒のMよ」

「面倒？」

「そう。面倒な患者という意味。クレームが多いとか、自己診断して医者の言うことに耳を貸さないとか、悪くなる前以上に良くしてほしいというような無理な注文をつけるとか、そういう患者。三段階にランクづけして、M1が最高に面倒な患者」

真志歩は、あいた口がふさがらない思いだった。やはり、Mについて説明されたことなどない。こんなに予想外の略語なら、説明を受けて忘れられるはずがない。

「こんな略、相手のドクターには分からないし、門外に出たら、困るのよ。五十嵐《いがらし》先生はレターをチェックしたあと、私におっしゃったわ。佐藤さんをもっとしっかり教育してくれませんか、って。やさしい方だから、怒ったりはしないけれど、赤っ恥よ」

そうよ、もっとしっかりしてよ、真志歩は心の中でつぶやいた。教えてもいないことを教えたつもりでいるのはやめて、ちゃんと教えるべきことを教えてよ。

しかし、そんな言葉を口に出して言えるわけもなく、小笠原はそれから十分ほど、真志歩の昨日のまちがい、一昨日のまちがいをあげつらって叱りつけた。そして、最後に、

「打ち直して、五十嵐先生に持っていくのよ。一分でね。先生、最後の患者さんを終え

るところだから」

と言って、背中をむけ、歩み去った。

最後の患者を終えるところ？　もう終えて、五十嵐先生はレターを待っているかもしれない。真志歩は整形外科へむかって走った。やっぱり、この仕事、やめようか？　思い切って警察官の採用試験を受けようか？　と思いながら。


レターを書き直してそれをドクターに読んでもらったため、真志歩はいつもより退出が遅くなった。

帰り支度を終えて通用口を出たところで、救急車のサイレンに気づいた。真志歩が自転車置場に行く途中で、救急車が走りこんできて、停止した。

真志歩は立ちすくむ思いで、一連の動きを眺めていた。サイレンの音を耳にすることはあっても、患者を運び込む場面に遭遇することは滅多にない。実際には勤めはじめてから、これが最初だった。

正月に乗った救急車の記憶が、嫌でも蘇った。真志歩が発見した怪我人は、結局亡くなってしまった。人の親としてどうかと思う部分もあったけれど、せっかく息をしているうちに見つけたのだから、助かってほしかった。

奥からドクターたちが走り出てきた。その中には麗香の姿もあった。

救急車の扉があき、ストレッチャーがひきだされる。

真志歩は反射的に横をむいたが、患者の顔が見えてしまった。

鼻の周辺が紫色を呈している。血液もこびりついている。その鼻の近くにあるみっつの黒い点は、きれいな三角形を作っている。黒子だ。

どこかで見たことのある黒子だ。

どこで？

そうだ。「リンゴの気持ち」だ。あそこの、日曜日にはいなかった店員が、同じ黒子をもっていた。彼女なのか？

真志歩は、恐る恐る患者の顔を見直した。ずいぶん面相が変わっているけれど、あの店員にまちがいないようだ。

「あれ、この子」

店員の顔を覗きこんだ外科部長の黒下《くろした》がつぶやいて、

「前にも来たね」

と、傍らの麗香にふった。

「あの野平さんです。野平照留美さん」

「あの子か。発見時の意識レベルは？」

黒下は、今度は救急隊員に訊いた。

「Ⅲの300でした」

「よし、第二処置室へ」

ストレッチャーはあっという間に真志歩の前から運び去られた。

なにがあの人にあったのだろう、という思いとともに、そういえば野平というのはどこかで聞いた名前だと、記憶をさぐる。「リンゴの気持ち」では店員は名札をつけていないから、あそこではない。黒下は「前にも来たね」と言っていたから、来院したことがあるのかもしれないが、しかし、整形外科でカルテを書かされた覚えはない。

気になったけれど、自分がなにかの役に立つとも思われないので、真志歩は帰宅の途についた。


アパートまで近道を使うと、柚木家の前を通ることはない。しかし、今日、真志歩は柚木家の前を通る道を選択した。セクハラに遭った美咲のその後が気になっていたし、小笠原にかんする愚痴を聞いてほしくもあった。それに、野平を乗せた救急車に遭遇したことで、なにか胸にもやもやしたものが生じていた。美咲がまだ栄養学園をやめていなければこの時間家にいる可能性は低かったが、真志歩は柚木家に立ち寄ってみることにした。

華麗屋という古い看板を掲げているほうではなく、『柚木』という表札のあるほうのドアフォンを押した。待つほどもなく二階の窓が開き、美咲が顔を覗かせた。

真志歩は手をふった。

「こんにちは」

「あら、佐藤さん。いらっしゃい」

「お邪魔していいですか」

「あがってきて。玄関、鍵がかかっていないから」

「はーい」

真志歩が二階の居間兼食堂へあがっていくと、美咲は一人ではなかった。食卓の前に美咲と並んで座って、保険会社の鵜川がいた。食卓には誰のものか、タブレットがあった。

「こんにちは」

鵜川は愛想よく言った。

真志歩は挨拶を返しながらも、内心面食らっていた。美咲は保険の勧誘をされているのだろうか。

「よかったのかしら」

と、真志歩は鵜川の顔を横目で見ながら、二人のむかいの椅子に腰をおろした。

「もちろん」と、美咲は大きく笑みを広げた。「私たち、作戦を練っていたの」

「作戦？」

「白河の性暴力を告発する作戦」

真志歩は、思わず顔をほころばせた。それでは、美咲は泣き寝入りするつもりはなかったのだ。

「じゃあ、私も一枚加わっていいのかな」

「願ってもないわ」

「でも、どんな作戦なの」

「鵜川さん、ジャーナリストにお知り合いがいるのよ」

「ええ」と、鵜川はうなずいた。「フリーのジャーナリストだけれど、大手の出版社にコネクションがあって、週刊誌にブラック企業の告発といったような真面目な記事を書いている人よ」

「昨日、会ったけれど、信用できる人だわ」

と、美咲が言い添えた。

「週刊誌の記事にしてもらうつもりなの？」

「ええ。学園の一支部の学校長とはいえ、その道では有名な人物だし、それに経営している法人が首都圏や関西でいくつも料理教室や調理学校を展開しているから、充分記事になるというの」

「ただ、柚木さんの件だけでは弱いということなのよね」

「まあ、本人の私もそう思うけれどね」

「つまり、ほかの被害者を捜しださなければならないということ？」

「うん。でも、これがなかなかむずかしいのよね。一人一人にあたるといっても、私が把握している生徒はせいぜい同じクラスの人だけだし」

と、美咲はタブレットに目を落として溜め息をついた。どうやらタブレットには同級生の名簿が開いているらしい。鵜川もタブレットを見ながら、

「被害者になりそうなタイプの子はいないの？　柚木さんを誘ったんだから、柚木さんに似たような」

「私に？　あまりいないなあ」

そりゃあ、美咲みたいに美しい顔立ちの女性がそうそういるわけはない。そもそも、こういう容姿端麗の若い女性に手を出そうという白河の図々《ずうずう》しさに呆《あき》れてしまう。もちろん、容姿端麗でなければ、あるいは若くなければ、性暴力の対象にしてもいいというわけではないけれど。

「調理学校の前に立って、被害者を募るわけにもいかないし、私が入学する以前の生徒を捜す方法もないし」

お手上げ、と美咲は両手を肩まで上げた。

「ほかの先生は?」

真志歩は、ふと思いついて言った。

「白河は特別授業で出てきたんだから、ほかにも先生がいるんでしょう。その先生にそれとなく白河の行状について訊くことはできないかな」

「それも考えたんだけれど、女性講師が二人しかいなくて、その二人ともけっこう年とっているんだよね。六十代半ばかな。高齢の女性って、性暴力に寛容なんじゃないかなあ。男性のセクハラめいた発言も涼しい顔で受け流すところがあるよ」

「はじめから決めつけるのはよくないよ。フェミニズムの前はウーマンリブとかっていう、女性の権利を拡張する運動があったはずだよ。大学の現代女流文学論の教授が言っていた。六十代半ばって、ウーマンリブの洗礼を受けているんじゃない?」

「そっか。当たってみるかな」

美咲は指先で唇を撫で、独り言のようにつけくわえた。

「すると、私はどうしてもまた調理学校に行かなきゃならないんだ」

「やめるつもりだったの?」

美咲は肩をすくめた。イエスという動作だった。

調理学校をやめて、そのあとどうするつもりなのだろう。華麗屋をカレー専門店として再開するつもりなのだろうか。それとも、まったくちがうことを考えているのだろうか。

私もあなたも迷える二十二歳ね、と、真志歩は心の中でつぶやいた。

鵜川がいるので、真志歩は自分の愚痴を胸の中に封じ込めた。

三人はそのあと、美咲のいれたコーヒーを一杯ずつ飲んだ。美咲のコーヒーをいれる腕は上がったようだった。もっとも、美咲は「べつにコーヒーのいれ方は学校で教えられていないわよ」と言っていた。

それから、真志歩と鵜川は柚木家を辞した。美咲は真志歩に残るように勧めたけれど、真志歩はなんとなく鵜川と二人きりで話してみたかった。それができる機会を捨てたくなかった。

吾川駅までの十分足らずの時間、真志歩は自転車を押しながら鵜川と並んで歩いた。

「和田多真美さんの件はどうなりました?」

「あら、気にしてくださっていたの」

「ええ。和田さんは、『リンゴの気持ち』というアクセサリーや雑貨を売っているお店の店員さん、ですよね?」

「ええ」

うなずいてから、鵜川は軽く目を見張って真志歩を見た。

「そういう情報、瀬戸君に教えていなかったと思うんだけれど……あれから和田さんに接触したのかしら？」

「いえ、和田さん本人には接触していません、多分」

日曜日に店にいた店員がおそらく和田だとは思うけれど、確証はないので、そう言った。

「ただ、たまたま和田さんをお見舞いに来ていた店長さんと出会って名刺をわたされたので、お店へ行ってみたんです。鵡川さんは、『リンゴの気持ち』に行ったことがありますか」

「ええ、もちろん。リンゴだらけの、おかしいというか面白いお店よね」

「あそこ、おかしいのはお店の内装だけじゃないですよ。店員さんもおかしいです」

「というと？」

真志歩は、片手で宙にぐるりと大きな輪を描いた。

「店長さんをめぐって嫉妬の炎が渦を巻いているみたい」

「あら、そうなの」

鵡川は、好奇心をかきたてられた様子ではなかった。

「それに、今日、もう一人の店員さんが病院に救急車で運ばれてきました」

鵡川はびっくりした顔をしたが、コメントはなかった。どう解釈していいのか分からないのか、それとも「リンゴの気持ち」の店員について、保険以外は興味がないのかもしれない。

真志歩は話題を変えた。

「柚木さんのことですけど」

「え？　ああ、なんでしょう」

「どうしてセクハラの告発に協力することになったんですか」

「気になったから、電話してみたの。ジャーナリストに紹介するのはどうかしらって」

「柚木さんの電話番号、瀬戸さんから訊いたんですか」

「ううん。華麗屋さんというお店の店長さんだったと瀬戸君が言っていたので、電話帳で華麗屋さんの番号を探したの。数カ月前に店仕舞いしたばかりなら、載っているだろうと思って」

「どうしてそこまでして？」

鵜川は少し言いよどんでから、言った。

「泣き寝入りしちゃいけないと言いたかったの」

「もしかして、あの時、柚木さん自身がセクハラの被害者だって分かったんですか」

「ええ。瀬戸君は分からなかったと思うけれど、私には分かったわ。私も男にはひどい目に遭わされたことがあるから」

真志歩はうなずいた。一度や二度、セクハラの被害に遭わなかった女性はいないだろう。真志歩にしても、東京の満員電車の中で痴漢に遭ったことがある（相手の手をつかまえて鉄道警察に突き出すのに成功した）。そのほかにも、思い返せば、あの動作やあの言葉はセクハラだったと言えるものがある。当時は幼すぎるか鈍感すぎたせいで気がつかなかっただけのことなのだ。

しかし、鵜川の語調にはそれよりももっと重い事実が含まれているように感じられた。第一、鵜川はセクハラという語彙を使っていない。

二人は、いつの間にか吾川駅前に着いていた。駅ビルの前で立ちどまり、話しをつづけていたのだ。多くの人が行き交う中、誰からであろうと重い事実をひきだすわけにはいかない。

「私、ここで」

と、真志歩は引いていた自転車のペダルに片足をかけた。

「あ、佐藤さんは電車じゃないのよね。じゃあ、また」

鵜川は言ってから、さりげなくつけくわえた。

「『リンゴの気持ち』の不可解な店員さんたちのこと、瀬戸君に言っておいたほうがいいかもしれないわね」

さっきはまったく関心がなさそうだったのに、頭のどこかにひっかけていたのだろうか。

「ああ、そうですか？」

「そうよ。佐藤さん、知らせてくださいね」

「私がですか？　私、べつに瀬戸さんと連絡とっていませんけど」

「じゃあ、とってあげて」

　柔らかい微笑とともに言われたので、不快な感じはしなかった。とはいえ、どうして鵜川からそんな要請をされなければならないのか、真志歩には分からなかった。

「傷害保険に入っている店員さんにかんして、もう鵜川さんはどうでもいいんですか」

「お客さまのことはどうでもいいことはないけれど、なにか事件の臭いがするなら、それは私よりも佐藤さんから伝えたほうが瀬戸君は喜ぶわ。瀬戸君、佐藤さんを警察にリクルートしたがっているのだから」

「え、そんなことを話しているんですか、瀬戸さん」

「そうよ。瀬戸君、会えばいつも一度はあなたの名前を口に出すわ」

　鵜川の目にはほんの少し、からかうような色が漂っていた。

　瀬戸さんと鵜川さんって、どういう関係なんですか。保険の外交員と顧客という関係じゃなさそうですね。真志歩はそう言いたかった。

　駅は、そろそろ帰宅の混雑がはじまる時間帯にさしかかっている。立ち話している二人を迷惑そうによけて行く人の数がいくらか増えていた。真志歩が自転車を支えているから、なおさらのことだ。

真志歩は会話を打ち切ることにして、会釈した。

「私、血が苦手なんです。じゃ、また」

自転車を押して、さっさと歩き出した。真志歩の背中を見送る鵜川が苦笑している気配なのを感じながら。

10

翌日、真志歩は麗香と売店でばったり顔を合わせた。勤めはじめて半月の間、姿を見かける程度だったのに、このところよく鉢合わせする。大きな建物とはいえ所詮同じ職場なのだから、いままで会わなかったほうがおかしいのかもしれない。

「ああ、お昼のお弁当？」

麗香のほうから話しかけてきた。二人とも、弁当やおむすびの棚の前にいた。

「そうです。麗香さんも？」

「うん、そうなんだけれど」

麗香は、真志歩の顔をコンマ一秒だけ見つめてから言った。

「医療秘書さんのお昼休みって、三十分だったかしら」

「四十五分間です」

「じゃあ、外で食べる時間はあるわね」

「え？」

「ちょっと訊きたいことがあるの。奢るから、外で食べましょう」

麗香は真志歩の返事も聞かず、踵を翻した。否《いな》はなかったから、真志歩は麗香のあとにしたがった。

四十五分という時間では、選り好みしている暇はない。二人は確実に空いていると思われる店へむかった。「モンカフェ」だ。

扉を開くと、珍しいことにふたつのテーブルのうちひとつが埋まっていた。たまに人が作ったご飯を食べたいと思ったのか、近所の主婦然とした中年女性が四人、食事をしている。もちろん、おしゃべりはしているけれど（しないわけがない）、ゆったりしたテンポで、騒々しいというほどではない。

「あら、いらっしゃい」

オーナーが二人に笑いかけた。

「三十分で帰らなきゃいけないんですけど、早く食べられるものってありますか」

麗香が、空いているほうのテーブルにつきながら訊いた。

「卵かけご飯定食なら、五分で出せますよ」

「それでいいかしら」

麗香の問いに、真志歩はうなずいた。

「もう何年も食べたことがありませんけど」

「私もよ」

麗香は卵かけご飯定食を注文すると、早速「訊きたいんだけれど」とはじめた。

「美咲になにがあったか知っている?」

真志歩はまごついた。

「なにが、って、なんのことですか」

「うーん。だから、このところ、あの子、様子が変なんだけれど、マッシーになにか言っていないかしら」

「ええと、私が知っているのは、セクハラに遭ったということだけですけど」

麗香の顔に驚愕《きょうがく》の色が広がったので、真志歩も驚いた。

「知らなかったんですか」

「知らない。誰に、いつ、どこで」

「ええと」

真志歩は、隣のテーブルを一瞥した。四人のうちの誰も、こちらに注意をむけている様子はない。洗濯の話をしている。梅雨の季節、洗濯物を臭わせないためにどういう工夫をしているかという話だ。それを熱心に論じ合っている。真志歩は小声で言った。

「先週の金曜日、調理学校の校長に、彼のマンションで。日本料理のコツを個人レッスンしてあげると言われて、相手が老人だったことも手伝って、信じたみたいです」

「なに。言葉でとか、ちょっと触られたとか、そういう程度のセクハラじゃないの」

「結局のところ、そういう程度だったらしいですけれど、下手をするとレイプにまで行ったかもしれません」

麗香は片手で口もとを押さえて、しばらく黙りこんだ。

真志歩は意外だった。麗香がなにも知らなかったとは思ってもみなかった。たった二人の姉妹ではないか。それも、八歳も離れていて、いかにもたよりになる姉だ。独りっ子の真志歩は、麗香のような姉がいたらどんなに心強いかと、美咲を羨んでいたのだ。

オーナーが二人の定食を運んできた。麗香は早速割箸を割って、

「食べましょう」

話題が深刻でも、昼休みは四十五分しかない。食べないわけにはいかない。真志歩も生卵の器をとりあげた。

「いただきます……美咲さん、なにも話していないんですか」

「あの子、私にはなにも明かさないのよ」

真剣な目つきで卵をかけたご飯をかきまぜながら、麗香は言った。

「どうでもいいことはしゃべるのよ。でも、大事なことはしゃべらないの」

「心配かけまいとしているんでしょうか」

「そうも思えないのよ。たとえば、京大を受験した時も、風邪の高熱のせいで試験会場に行けなかったんだけれど、私たちにはそんなこと一言も言わなかったのよ。ただ、受験に失敗した。一年浪人させてください、って父に頭をさげただけ」

「大学入試に落ちたって、そういうことだったんですか」

「そうなのよ。合格確実と教師から太鼓判を押されていたんだけれど。一緒に受験した友人があとで美咲に、あの時は残念だったねと言っていたのを耳にして、問いつめたら、風邪で受験できなかったと白状したの。はじめからそう言っていれば、父も女が一年浪人してまで大学に行くのは……なんて渋ったりはしなかったと思うのよ。うちの父、けっこう古い男でね。女が無理して学問をする必要はないと思っていた節があるの」

そういう男には腹が立つが、それはひとまず置いておいて、真志歩は首をひねった。

「言い訳が嫌いなんですかね」

しかし、白河から受けたセクハラは、どんな言い訳も必要ないはずだ。男の部屋に夜一人で訪ねたあなたが悪い、などと麗香は責めたりしないだろう。

「私が思うに」麗香は、箸もとめずに言った。「美咲は、自分が人間であると認めざるをえない出来事が許せないんじゃないかな」

　自分が人間であると認めざるをえない出来事が許せない？

　真志歩は自分の頭で考えようとしたが、答えを見つけるには膨大な時間がかかりそうなので、やめた。

「どういう意味ですか」

　麗香は卵がついた唇をナプキンでふいてから、

「美咲は幼いころ、自分は人間じゃない、ロボットだ、と主張していたことがあるの」

「ロボット？」

　男の子なら、アニメかなにかの影響を受けて、そういうことを言い出す子もいそうだけれど。

「はじめてそう言い出したのは、母が亡くなった直後なんだけれどね。人間じゃないんだから、ご飯なんか食べなくてもいいんだ、って。トイレにも行こうとしなかったわ。もっとも、食事の拒否は丸二日、トイレに行かないのは十数時間で終わったけれど。トイレを我慢できなくなった時は、とても悔しそうだった」

　真志歩は唖然《あぜん》として聞いていた。

「それは……お母さんが亡くなったのを見て、人間であるということは死を免れない、とでも考えたからなんでしょうか」

「かもしれない。三歳にもならない子がそこまで考えがおよぶかどうか分からないけれど。あの時は、ほんと、手を焼いたわ。母が亡くなったというだけでも大変だったのに。それからも、小学校にあがるころまでだったかな、自分は人間じゃないって、たびたび言い張ったの。転んで膝から血を出しても、これは油漏れだ、なんて言ってね」

麗香は、美咲がロボットだと主張した二十年ばかり前に遡っているような、うんざりした表情をした。それから、言った。

「入試という大事なイベントを前に、自分がか弱い人間であることを思い知らされた、たかだか風邪のウイルスによって。だから、その事実を家族に言いたくなかった。レイプの対象になるような若い愚かな娘であることを思い知らされた。だから、その事実を姉に明かしたくなかった。と、そういうことじゃないかしらね」

真志歩は、最後に残った味噌汁を飲みながら、麗香の解釈を吟味した。飲み終わってから、言った。

「いや、やっぱりお姉さんを心配させたくなかっただけなんだと思いますよ。だって、人間としての弱みを見せたくなかったなら、私にだってセクハラを打ち明けたりはしなかったでしょう」

知り合いともいえないような鵜川にも、美咲はとくに躊躇《ためら》うことなく話していた。

「あら、私、美咲さんが内緒にしていたことをぺらぺらしゃべってしまって、よかったんでしょうか」

真志歩は、はたと気がついて言った。麗香は左右に首をふり動かした。

「全然、平気。美咲は、昔から一人の人物にいろんなことを打ち明けてきたみたいなの。つまり、尾崎《おざき》さんのことだけれど。彼の代わりがマッシーなんだと思う。誰かの代わりだなんて、あまり愉快なことじゃないでしょうけれど」

尾崎というのは、柚木姉妹が兄同然につきあっていた人だ。彼はこの一月に唐突に結婚して、静岡に行ってしまった。たまに連絡はとりあっているようだけれど、近所に住んでいたころのようなわけにはいかないだろう。

麗香は、真摯な目を真志歩にむけた。

「悪いけれど、これからも美咲の力になってあげてね」

「私なんか、むしろ美咲さんに力になってもらっているのに」

「そんなことないわよ。なにしろ、美咲は見た目がおとなっぽいからしっかりしているように見えるけれど、まあ、しっかりしている部分もあるけれど、だいたいにおいて頭でっかちの子供なの」

確かに、セクハラを打ち明けた時の美咲は、ずいぶんとたよりなげではあった。

「その点、マッシーは、お金持ちの一人娘さんだというのに、よく気がついて行動力もあって、年齢以上かもしれない」

そういうふうに誉《ほ》められたのは、はじめてだ。小中学校時代の友人にはよく身勝手だと非難されたし、高校時代の友人にはマイペースな人と思われていた。さらに、大学時代のサークル仲間にはつきあいが悪いと不評だった。もっとも、大学のほうは、東京の大学に進学したことを後悔しつづけていたせいで、キャンパスライフを楽しむ意欲がなかったこともあるけれど。

自分にたいする評価と因果関係があるとも思えないのに、不意に真志歩は昨日の救急患者を思い出した。

野平照留美。そうだ。カルテの番号を入力しまちがえて端末に呼び出した患者の名前だ。一年足らずの間に六回も怪我をして来院していたため、印象に残っていた。「リンゴの気持ち」の、あの店員だったのか。

「昨日の救急患者さん」

「え？　いきなりなんの話？」

「ほら、野平さん、昨日救急車で運ばれてきて、麗香さんと黒下先生とで出迎えたでしょう。彼女、どうなりましたか」

「ああ」麗香は眉を曇らせ、一拍置いてから言った。「亡くなったわ、今日、日付けが変わった直後に」

真志歩は、なんとも言えない気持ちになった。店員と客として一度顔を合わせただけだけれど、それでも救急車と行き合わせたことといい、なにか縁を感じた。針の先で突かれたような痛みが胸をよぎった。

麗香は、気遣わしげに真志歩の顔を覗きこんだ。

「知り合いだったの」

「いえ。彼女の勤める雑貨店で一度口をきいただけです。でも、まちがって彼女のカルテを見たりしていたんで、なんだか知り合いみたいな気がして」

「そう。警察が関心をもっているけれど」

「そうなんですか」

真志歩は、あまり驚きが来なかったことに逆に驚いた。六回もの怪我という事実が予備知識としてあったせいかもしれない。

「どうして亡くなったんですか」

「鼻血が気道を詰まらせたことによる呼吸不全。アパートの階段の下で発見された時は、すでに虫の息だったようよ」

「階段から落ちた、ということですか」

「状況はそうね」

「何階から落ちたんでしょう」

「さあ。アパートというんだから、せいぜい二階建てだと思うけれど」

「たった二階から？」

「たかだか二階から落ちて致命的な怪我をするというのも、ないことじゃない」

「警察が関心をもっているのは、自分で落ちたかどうか、ですね？」

「その通り」

麗香は唇に微笑を乗せかけて、ひっこめた。笑いは不謹慎だと考えたらしい。

「瀬戸刑事は来なかったわ。べつの刑事さん。だから、その後の詳しい情報は彼から聞き出せないわよ」

「私、そんなつもりは……」

「いいの、いいの」

と、麗香は右手をひらひらとふった。

なにがいいんだか？

テーブルに、ふっと光が落ちてきた。

天窓を見上げると、雲の切れ目から太陽が顔を出している。

「さっきは雨が降りそうだったのに」

「今年は空梅雨《からつゆ》かしらね」

麗香はお茶を飲むと、腕時計を見た。

「あら、しゃべりすぎちゃった」

真志歩も腕時計を見、仰天した。昼休みが終わるまで五分もない。

「マッシー、先に行っていいわよ」

麗香は、伝票を持って立ち上がりながら言った。

「お言葉に甘えます。ご馳走さまでした」

真志歩は店から飛び出し、病院へ走った。

真志歩が整形外科の前に着いた時、事務室の中に小笠原の姿はなかった。安堵したのも束《つか》の間、午後からの患者の問診票を手にした小笠原が入ってきた。

「エルビピ」

なにを言われたのだ？

「エルビピ。すぐに答える」

もしかしてアルファベット？　ＬＢＰ？　整形外科で使う略語だ。

「ええと……腰痛症、です」

「遅い」

「申し訳ありません」

小笠原は、真志歩の口もとをじろじろと眺めた。

「お昼になにを食べたの」

「え？　卵かけご飯ですが」

「じゃあ、その唇のはしについている黄色いものは、卵の黄身なのね」

「ついていますか」

整形外科の受付係の背中が笑っている。慌てて事務室に入ったので、歯磨きはおろかトイレで鏡を見ることさえしなかった。

「患者さまの前に昼食の痕跡をつけたまま出るなんて、許されませんよ」

「はい」

真志歩は立ち上がって、トイレへ行こうとした。

「待ちなさい。どこへ行くの」

「身だしなみを整えに」

「あと十五分で午後の診察開始なのよ。こっちが先」

小笠原は、真志歩の手に問診票を押しつけた。

「三十分以内に仕上げて」

と言うと、診察室三番のドアをあけて中に消えた。

問診票は三枚。一枚に十分かけられる。楽勝だ、と思って一番上に載っていた問診票に視線をやると、くねくねと蛇のような字が用紙中にのたくっている。解読にどのくらいかかるか見当もつかない。手の中の薄い用紙が急に鉛の重さになり、真志歩は椅子にぺたりと座りこんだ。

転職を真剣に考えなきゃ。それとも、こんな調子じゃ、どんな仕事も勤まらない？ 麗香さんから、よく気がついて行動力もあって、年齢以上かもしれない、と嬉しい言葉をもらったけれど。

11

真志歩のスマホの着信音が鳴ったのは、一日の苦行を終えて自転車置場にたどりついた時だった。表示を見ると、瀬戸からの電話だった。

「もしもし、なにか？」

「鵜川さんから聞いたんだけれど、佐藤さんは『リンゴの気持ち』の内部情報に詳しいんだって？」

真志歩は、我れ知らず苦い表情になった。鵜川は昨日、真志歩に「リンゴの気持ち」の不可解な店員について瀬戸に伝えるよう、アドバイスした。自分が話すとは言っていなかった。しかし、話したのだ。二人がしょっちゅう連絡をとりあっているということなのだろう。どういう関係か知らないけれど、羨ましい。もし、裕貴が紀久子からなにか祖父にかんする情報を知らされることがあったとして、それがすぐに真志歩に伝えられることはあるだろうか。とてもそうは思えない。

「内部情報に詳しいというほどではないですよ」

と、真志歩は言った。

「ただ、店長をめぐって、二人の店員が嫉妬しあっているという感触を得ただけです」

「店長が和田多真美の見舞いに来ていたんだって？」

「ええ。店長が和田さんの病室を訪ねた時には彼女が『リンゴの気持ち』の店員だとは知らなかったので、恋人が来たんだな、と思っただけですけれど。和田さんはとても店長に執着しているみたいでした。店長のほうはそれほど熱くないというか、むしろ冷淡だったかな。でも、それは私の感じであって、実際はどうなのか、分かりませんよ」

「佐藤さんの感触だけでいいから、訊くけれど、店長はどんな男だった？」

真志歩は、小塚のイメージを思い起こした。客あしらいがうまくて、多分デザインの才能も高くて、おまけに真志歩の家の男雛のように美しい顔立ちの男性だ。でも、第一印象には不気味という感覚が含まれている。とはいえ――

「その前に訊きますけれど」

「なんだろう」

「野平照留美さんは事件で亡くなったんですか」

短い沈黙ののちに、瀬戸は答えた。

「まだ分からない」

「じゃあ、小塚さんを容疑者あつかいしているわけではないんですね。私の返事で心証が悪くなる可能性はないんですね？」

「それも分からない」

「私、自分の第一印象で誰かを罪に落としたりしたくないんですけれど」

「つまり、そういう男だというわけだね」

おっと、そう受けとるか。

「知りません。私はなにも答えていません。そもそも瀬戸さん、野平さんの件には携わっていないんじゃないですか」

「誰がそんなことを」

「麗香さん情報によると、病院に聞き込みに来たのは、ちがう刑事さんだったんでしょう」

「病院に行くのがいつも僕とはかぎらないよ。僕がいま、なにをしているかは言わないけれど」

「口が固いんですね」

「ありがとう」

「誉めたわけじゃありません。じゃ、もういいですね」

瀬戸の返事が来る前に、真志歩は電話を切った。胸に墨の一しずくを流したような憂鬱があった。なにに起因するかといえば、勤め先の先輩のせいなのだと思うけれど、それだけとはかぎらない。少なくとも、いま瀬戸から電話をもらうまで、憂鬱はうんざり感でしかなかった。

私は、なにに心を荒らされているのだろう？

自転車に乗ってから、真志歩は今日もまた近道でない方向へ走りだした。「リンゴの気持ち」の様子が気になった。中に入るつもりはないけれど、外側だけでも確かめたいと思った。

「リンゴの気持ち」が閉店しているということはなかった。そして外見は、最初に来た時とも二度目に来た時とも変化がなかった。さまざまのリンゴがショーケースに飾られてあり、明るく楽しげなイラストがガラス扉を綾どっていた。

「忌中」などという札が出ていると期待したわけではないけれど、真志歩は頬をふくらませた。店員の一人が亡くなったというのに、どうしてこうも曇りがないのだろう。アダムとイヴが追放される楽園の入り口のようではないか。

その入り口が、唐突に開いた。

中から女性が出てきた。横幅の広い体軀《たいく》の、熟年女性だ。ピアス、ネックレス、ブレスレットが、外光を浴びてぎらっと輝く。

手の指にも左右あわせて三本のリングが光っている。

真志歩は思わず飛びのいた。女性の視線は少しも真志歩にむいていなかったけれど。女性の背後から小塚が姿を現した。腰を折るお辞儀をする。その小塚に、女性の視線は張りついている。

「またのお越しをお待ちしております」

女性は鷹揚《おうよう》にうなずいた。通りの一、二メートル先から外車が徐行してきて、店の前にとまった。女性はその車に乗り込んだ。

小塚は、外車が見えなくなるまで見送っていた。そして、真志歩もなぜか見送っていた。

車がいなくなると、小塚の顔が真志歩にむいた。目のふちが黒ずんでいて、かなり疲れている様子だ。目の中に漂っている感情は、憂愁だろうか。店員の一人が亡くなったことによるもの、だと思いたい。だが、小塚の唇に笑みが乗った。

「また来てくださったんですね。どうぞお入りください」

大きく扉を広げた。

真志歩は、去るタイミングを逸した。

「あー、はい」

真志歩は、自転車を店の前に置いて中に入った。

「ピアスをする決心がつきましたか」

小塚は真志歩をショーケースの前にいざなっていく。

「いえ、そんなんじゃないんですけど」

「あ、ちょっとお待ちを」

レジに高校の制服を着た女の子が数人たまっていた。小塚はその相手をしにレジへ行った。

今日は和田多真美はいないのだろうか。野平は亡くなってしまうし、大変そうだ。商品を袋に入れ、レジを打っている小塚を眺めながら、真志歩はぼんやりとそんなことを考えた。

客が一段落して、小塚は真志歩のほうへ戻ってきた。

「そういえば」と言う。「むきかけのリンゴのペンダントヘッドの評判がいいので、作り増ししているんですよ。手作りなので、まったく同じものとはいきませんが」

「店長さんが手作りなさっているんですか」

「いえ、僕はデザインだけで」小塚は、なぜか薄くはにかんだ微笑をこぼした。「作っているのは僕の妹なんです」

「兄妹でアクセサリーを作っているんですか。いいですね」

「妹は手先が器用なんですよ。このリンゴたちも」と、小塚は天井からぶらさがるさまざまのリンゴのオブジェを手で指し示した。「妹が製作したものです」

誇らしさが指先からあふれていた。真志歩は、小塚にたいする印象をあらためた。小塚が垣間見せる負のイメージは、物が売れない時代に店を経営していくうちについた垢《あか》のようなものなのかもしれない。瀬戸に印象を言わなくてよかった。

扉があいて、制服姿の女の子が二人入ってきた。

小塚は店長の仮面をつけなおした。

「いらっしゃいませ」

と、髪飾りのコーナーにむかった女子高生に声をかけてから、

「もし、お求めになるようでしたら、こちらにご記入を」

注文票をショーケースの上に広げた。

真志歩も客に戻った。

真志歩は、あのペンダントヘッドを胸に飾って裕貴と会っている自分をうっとりと想像した。むきかけのリンゴは確実に裕貴の目をひくだろう。そして、それから……そこまでで、真志歩は想像を追い払った。

「いいとは思うんですが、でも、私には贅沢《ぜいたく》すぎて」

「学生さんでしたものね」

そう言っただろうか？　ボランティアだと嘘をついた時に。

「アルバイトはしていないんですか」

「ええ」

医療秘書はアルバイトではない。

「なんなら、うちでアルバイトしませんか」

「こちらで？」

「店員が一人辞めて、困っていたところなんです」

辞めたんじゃなくて亡くなったんでしょう、とは真志歩は言わない。

近づかないほうがいいと感じた店だ。そこで働くなんて、とんでもない。

「でも、私、授業があるので、夕方からしか勤められません」

「それはちょうどいい。うちは夕方四時ごろから混みはじめるんですよ。学校帰りの女の子たちが寄ってくれるので」

「ええと、四時は無理で、五時近くになっちゃうかな」

小塚は、まばたき一回分の長さで真志歩を凝視した。真志歩の嘘を見抜くような眼差しだった。

いや、嘘をついたわけではない。来られるのが五時近くになるというのは、事実だ。終わるのが大学ではなく病院といううちがいはあるけれど。

「じゃあ、週末はどうですか。勤めてくれれば、全商品四割引きにしますよ」

小塚は、押してきた。しかし、誘うというよりも探る口調になっている。少なくとも、真志歩の耳にはそう響いた。小塚のもつ不気味さが、表面に現れ出ている。

真志歩が断る口実を探していると、扉があいた。

「いらっしゃい……」

言いかけた小塚の顔に、途中で不審の色が浮かんだ。つけくわわった「ませ」が聞こえるか聞こえないかの低さになる。

真志歩は扉のほうを見て、危うく声を出しそうになった。入ってきたのは、瀬戸だった。それに、瀬戸と組んでいるベテラン刑事の杉浦《すぎうら》。まっすぐにこちらに近づいてくる。

二人の四つの目は、真志歩を無視している。だが、もちろん真志歩の存在に気がついているだろう。咄嗟《とっさ》の判断で、知らんふりを決めこんだにちがいない。

「小塚信之介さんですね。こういう者です」

杉浦が警察手帳を出しながら、言った。

瀬戸も警察手帳を出して、小塚に示した。

小塚の顔から血の色が退《ひ》いた。しかし、小塚は動じていないふりをした。口もとに笑みを作って言った。

「なんのご用でしょうか」

「ちょっと訊きたいことがあるんですが、署までご同行願えますか」

「ここでは駄目なのですか」

「かなり長い時間かかりますよ」

真志歩は驚いた。被害者の上司にたいする単なる事情聴取ではなく、被疑者あつかいのようだ。では、野平の死は殺人と断定されたのか。そして、小塚が疑われているのか。まだ分からないと瀬戸が言ってから、一時間も経っていないのに。

小塚は店内を見回した。髪飾りの売場にいる女子高生たちは、異変に気づいていないようだ。ああでもないこうでもないと、さかんにしゃべりながら品物を選んでいる。

「なにをお訊きになりたいんでしょう」

小塚は、思いついたように訊いた。それはそうだ。あっさりと承知したら、事情聴取されなければならない理由を知っていたことになる。そして、その分、犯人と見なされる可能性が高くなる。とはいえ、警察手帳を見た瞬間に青くなった時点で、小塚は充分に怪しまれているだろう。

「こちらの店員の野平照留美さんが亡くなった件についてです」

「彼女は……」小塚は目を伏せた。「かわいそうなことをしました。まだ病院からご遺体が返されないということで、お通夜もできないようで」

「そうです。なぜそんなかわいそうなことになったか、私たちは調べています。ご遺体に残ったいろんな傷や死因について、謎が多い。是非協力していただきたい」

小塚は、細く溜め息をついた。人に聞かせるためではなく、心の隙間から出た溜め息に聞こえた。

「分かりました」

と、小塚は応じた。眉間に皺を寄せ、なにごとか心に秘めた様子で、

「少し待ってもらえますか。店を閉めなければなりません」

杉浦はうなずいた。

小塚は女子高生たちのもとへ行った。

「申し訳ありません。急な用ができて、店を閉めなければならなくなりました」

「えー」と、甲高い声をあげる女子高生たち。

杉浦は鼻の頭をかいた。こんな店には足を踏み入れたこともないだろう。一刻も早く出ていきたがっている顔つきだ。

瀬戸のほうは、もの珍しそうに店内を眺めている。一度、真志歩に視線を流した。こんな店が趣味だったの？　そう言われたような気がして、真志歩は渋面《じゅうめん》した。

女子高生たちは、外へ出ていった。小塚はショーケースのところには戻ってこず、レジへ行って真志歩を手招きした。

真志歩は面食らった。アルバイトを承知していないのに、仕事をさせるつもりだろうか。レジの打ち方は華麗屋で習い覚えたけれど、だからといって「リンゴの気持ち」の店番が務まるはずはない。どうすればいい？　と瀬戸に目顔で訊くわけにもいかず、真

志歩はレジへ行った。

「ボランティアをやっていると言っていましたよね」

小塚は小声で言った。

「はあ」

「ここへボランティアに行ってくれませんか」

小塚は、メモ用紙にさらさらと住所を書いた。

真志歩は驚きを通りこして、困惑した。

「どんなボランティアですか」

どんなもこんなも、真志歩はボランティアの経験などないのだけれど。

「たいした手間はいりません。私が警察に行って今夜は帰れないかもしれないことを、家族に明るくカラッと伝えてほしいんです」

「ここは小塚さんのおうちなのですか。明るくカラッと伝えるんですか？」

そんな真似《まね》ができるだろうか、警察から帰れないことを家族に告げるのに。

「ご家族というのは、ご両親ですか」

「妹です、アクセサリーを作っている。足が悪いんですよ。私たち、二人きりで暮らしているんです。心配するかもしれないので、介助者が来る八時ごろまでついていてくれるとありがたい」

真志歩は、小塚を見つめた。小塚は真志歩を見つめ返した。真志歩をすがるしかない藁《わら》と見なしている目つきだった。

「ほかにたよりになる人はいないんですか」

「いま連絡がつけられる人はいません。刑事が来ているところに居合わせたのが運の尽きだと思って、たのみます」

その刑事をここに呼びこんだのは私かもしれない、と真志歩は思う。

「どうして、私を信頼してくれるんです。二、三度会っただけなのに」

「私と妹の作ったアクセサリーを気に入ってくれたから。おまけに、あなたはボランティアの経験がある」

嘘がきりきりと胸に突き刺さる。祖母がガンにかかった時に母親の補助をしたくらいの経験しか、真志歩にはない。それでも、いつ帰るかしれない兄を待つ妹を放置しておいていいのか、と思う。介助者の必要な人だと聞いたからには。

「妹さんのお名前は？」

「理佳子《りかこ》です。そういえば、あなたのお名前を聞いていませんでした」

「佐藤です。佐藤真志歩」

「よろしくお願いします」

小塚は深々と頭をさげた。

「いまから行ったほうがいいですか」

「できれば」

真志歩は住所が書かれたメモを持って、店を出た。背中に瀬戸と杉浦の視線を感じた。知り合いでなくても、刑事が視線をむけるのはおかしなことではない。疑惑の店長からたのまれごとをして出ていくらしいのだから。

期待しないで、と、真志歩は心の中でつぶやいた。私は、警察の手先として動いているわけではない。

12

小塚の家は、吾川市の中でも早くから開けた住宅街にあった。古い家屋が多いが、敷地面積も広いので、高級住宅街と見なされている。

メモにあった住所の敷地は、ひときわ広かった。背の高い銀杏《いちょう》や樫《かし》の木が植えられていて、ちょっとした公園と見まちがえそうだ。建物は古びておらず、敷地のわりに小さい。赤い屋根瓦と白いモルタルの壁の平屋で、かわいいと形容してもいいくらいだ。

この家に、あの店長と妹が二人で住んでいるのか。

きっと美しい妹にちがいない。真志歩は、胸の鼓動が高まってくるのを感じながら、玄関のドアフォンを押した。

応答まで時間がかかったが、やがてカチリという音とともに、

「あいています」

と声がした。真志歩はドアノブをまわした。遠隔操作で施錠解錠ができるようだ。ドアは苦もなく開いた。

そして真志歩は、茫然となった。

一瞬、森の中に彷徨《さまよ》いこんだのかと思った。壁という壁に草木が描かれている。床材は草と見まごう色のリノリウムだ。部屋（部屋と呼んでいいのだろうか）の中央に、大きな木の切り株がひとつ。まわりに、それよりも小さな切り株がみっつばかり。

窓はひとつもない。

天井はセルリアンブルーに塗られ、その真ん中に太陽が輝いている。もちろん描かれた太陽だが、中心に電球がついていて、そこから光がこぼれ落ちている。ただ、あまり明るくはない。

さて、理佳子だ。大きな切り株のそばに、女性がいた。車椅子に乗っている。顎の線で切りそろえられたまっすぐの黒髪と、大粒の黒曜石をはめこんだような瞳。顔の下半分は、マスクにおおわれていて見えない。風邪をひいているのだろうか。それにしては、普通のマスクより大きく、白い地に赤い模様が点々とあって、一種のお洒落《しやれ》にも見える。

青い半袖ブラウスの上に、足の先までおおうゆったりした白いエプロンをつけていた。エプロンには大きなポケットがついていて、なにかのリモコンらしい物が頭を覗かせている。

顔の下半分が見えないので確かなことは言えないけれど、年齢は真志歩よりみっつかよっつ上なだけだろう。

「佐藤真志歩さんですね」

ドアフォンから流れてきたのと同じ声が言った。

部屋の様子に少しばかり度肝を抜かれていた真志歩は、我に返った。

「そうです。理佳子さんですね。はじめまして」

「はじめまして。あなたが来てくださることを、兄がメールで教えてくれました」

小塚にはメールを打つ時間があったようだ。真志歩は期待して訊いた。

「なぜ私が来ることになったのか、も？」

それなら話は簡単なのだが、理佳子は首を横にふった。そして、訊き返した。

「でも、お風呂の介助ではないのですか」

「お風呂の介助？」

「ええ。私、なんでもできるんですけれど、お風呂だけは一人では入れないんです。どうしても、複数の人の手助けが必要なんです。それで、兄が仕事で遅くなる時は、いつも来てくださる介助者のほかに、誰かほかの人を臨時で見つけてくれるんです」

「そうなんですか。でも、ごめんなさい。お風呂の介助じゃないんです」

「じゃあ、なにをしてくださるんですか」

「お兄さんから、八時ごろまであなたと一緒にいることと、それからあることを伝えるように言いつかってきました」

「あること？」

理佳子は大きな瞳をさらに大きくして、小首をかしげた。それから、思い出したように言った。

「どうぞ座ってください」

小さなほうの切り株を手でさした。

「このまま？」

玄関ドアのそばから一歩も動いていない真志歩は、自分の靴に目線を落とした。

「ええ。うちはみなさんに土足で入ってもらっています」

真志歩は、足がうまく動かないと思いながら歩いていって、切り株に座った。切り株にはほんの少しでこぼこ感があった。プラスティック製ではないらしい。本物の切り株を加工して作ったもののようだ。

「凝っていますね」

「兄はそういう性格なのです」

理佳子の口調には、誇らしさがあった。真志歩は壁や天井を目でさした。

「この絵は、理佳子さんが描いたのですか。それとも」

「兄です。私は絵はそんなに得意じゃないんです。兄は、本物よりももっと本物らしく描くことができます。ああ、写実的という意味ではありません。その場にふさわしい絵という意味です」

理佳子は、顔を輝かせながら言った。そこには、小塚が理佳子の作品を語った時と呼応する感情があった。自慢に加えて、愛だ。兄妹は強い愛情で結ばれているのだ。

理佳子のマスクについている赤い模様は、リンゴだった。近くに来て、見分けがついた。森の中で暮らす兄と妹に、リンゴが介在している。イヴとアダムに知恵を授けたリンゴ。しかし、壁の絵にリンゴの木はないようだ。蛇の姿も見当たらない。この部屋の神は、兄妹に意地の悪い罠《わな》を仕掛けていないと考えていいのだろうか。

真志歩は、小塚のたのみを引き受けたことをいまさらながら後悔した。こんなに愛している兄が殺人の容疑で警察に連れていかれたと知ったら、理佳子はどんなに衝撃を受けるだろう。

いや、待て。小塚は私がどこまで知っていると思っているだろう。「リンゴの気持ち」で杉浦が説明したのは、どの程度だっただろう。私が杉浦の言葉以上のことを知っていると、あとから小塚に伝わることがあっては、まずい。どんなふうに話せばいいのだ。

真志歩が思い惑っていると、理佳子が催促してきた。

「あることってなんですか」

焦《じ》れているようではないが、瞳の中にわずかに怪しむ色合いが生じている。真志歩は観念して、口を開いた。

「実は、お兄さんは警察署へ連れていかれたんです」

「けーさつしょ」

理佳子は、のっぺりしたイントネーションでつぶやいた。頭の中で「けーさつしょ」を「警察署」に変換できないようだった。

「ええと、お兄さんのお店に勤めている店員さんが亡くなったということなんです。それで、刑事さんはお兄さんにいろいろ訊きたいということで警察へ。長くなるかもしれない。もしかしたら、今夜は帰れないかもしれない。そういうことでした」

真志歩は、一気にしゃべり終えた。

理佳子は、まばたきもせず真志歩を見つめていた。耳ではなく目で聞いているかのようだった。

チクタクという音が、真志歩の聴覚に入ってきた。時計の音のようだ。いままで気がつかなかったけれど、どこかに時計があるのだ。

正面の壁の木の一本に、青い鳥がとまっていた。その首が規則正しく上下に振られている。どうやら青い鳥が時計であるらしい。腹部に文字が浮かんでいるが、理佳子の頭に邪魔されて、18という文字しか見えなかった。

二分か三分か、それとももっと短かったか、やっと理佳子は声を発した。

「よく分かりません」と、理佳子は言った。「店員さんが亡くなって、どうして兄が警察署に連れていかれなければならないのでしょう。今夜、帰れないなんていうことになるのでしょう」

店員殺害の犯人として疑われているから、と言うべきだろうか。もしもそれが事実なら、理佳子もいずれは知ることになるのだ。美咲に相談したら、ありのままを言うべきだと答えるだろう。下手な慰めは本人のためにならない、と。

だが、まだ小塚が犯人だとは決定していない。彼が犯人でないことは充分にありうる。それどころか、これは殺人事件でさえない可能性もある。野平の怪我の多さから考えれば、ただの事故かもしれない。

「あの、私もよく分からないのですが、きっと店員さんの死に不審な点があって、それでお兄さんに尋ねることがたくさんあるんだと思います。なんといっても、お兄さんは店長さんで、店員さんのことについていろいろ知っているでしょうから。それで、訊くことが多くなれば、夜じゅうかかってしまうかもしれないということで、お兄さんは帰れないかもしれない、と考えたのじゃないかと思います」

真志歩はしどろもどろで言った。

理佳子は、静かすぎるほど静かに聞いていた。だが、黒曜石のような瞳だけは、忙しく動いていた。脳細胞が懸命に活動していることを窺わせる動かし方だった。

理佳子は、真志歩が話し終えると、ギシリと音をたてて車椅子を動かした。二メートルほどあった真志歩との距離を、手を伸ばせば肩をつかめるほどに縮めた。

「私、日光アレルギーでろくに外に出ることができません。学校にも行っていません。でも、無知なわけじゃありません。ネットもするし、本も読みます。ミステリ小説は大好きです。だから、刑事が兄を警察に連れていって、長々と聴取することがなにを意味するかくらい、想像がつきます。兄はその店員を殺したと疑われているんですね？」

真志歩は、実際に肩をつかまれ激しく揺さぶられている心地がした。

日光アレルギーでろくに外に出られないとか、学校にも行っていないという言葉に、捕らわれてしまった。そのうえ、彼女は車椅子だ。兄が逮捕されることになったら、どうやって生きていけるというのだろう。そういう妹を一人残していかなければならなくなるようなことを、小塚はしたのだろうか。小塚はそんなに愚かなのだろうか。愚かであってほしくない。

「なにかのまちがいです」

やっと、真志歩は言った。

「お兄さんが殺人容疑をかけられたとしたら、なにかのまちがいに決まっています」

真志歩を見つめる理佳子の目に、光がともった。

「もちろんそうです」と、理佳子は言った。「兄が人を殺すわけがないわ。私は信じています。あなたも信じてくれるんですね」

「ええ」

「事件をもう少し詳しく話してください」

「詳しくといっても、私もろくに知らないんです。刑事の話を横で聞いていただけですから」

「誰が亡くなったかも？」

「ああ、それは、野平さんという店員さんです。知っていますか」

理佳子は少し考えてから頭をふった。

「いいえ。いつ亡くなったんですか」

今日、と言いかけて、真志歩は押しとどまった。杉浦は「今日亡くなった」という言葉は口にしていない。麗香から聞いていなければ、真志歩も知らない事実だった。それに、事件が起きたのは今日ではない。野平が病院に搬送されたのは昨日のことだ。

「新聞、とっていますか」

「新聞？」

「事件が載っているかもしれない」

「新聞はとっていません。でも、ネットで調べられる可能性があるわ」

理佳子は、大きなエプロンに手を入れてスマホをとりだした。素早く画面をタップしていく。

「あ、これ？」

画面を真志歩にむけた。

そこには、こうあった。

『吾川なんでもニュース
水曜日の夕方、吾川マンション（川下町3―2）で心肺停止状態で発見され吾川市立病院に搬送された野平照留美さん（26歳）は、木曜日の未明に死亡が確認された。警察では、殺人と事故の両面から捜査を行なっている。』

「こんなサイトがあったんですね」

「吾川のことなら、全国版はもちろん地方版でも載らないちっぽけなニュースまで網羅しているわ。で、これでしょう？」

「はい。名前が一致します」

「水曜日の夕方」

理佳子は、人差し指で軽く自分のほっぺたを叩いた。

「吾川マンションって、おそらく野平さんという人の住まいでしょう。ウイークデイの夕方に兄が店を抜け出して、店員の家に行くことなんてあるかしら。たとえば、出勤予定の店員が無断で休んでいるので仕事の合間を縫って様子を見に行く。そういうことなら、あるかもしれないけれど。でも、そこでその店員を殺すシチュエーションになるなんて、とても考えられない」

「そうですね」

一応相槌《あいづち》を打ったものの、真志歩は内心、そういうシチュエーションもあるかもしれないと思った。野平は小塚に恋をしていたようなのだ。小塚のほうがどんな気持ちを抱いていたか不明だが、野平に迫られてつい小塚が暴力をふるうということがあったかもしれない。そして、野平に死をもたらしたかもしれない。

美咲の身に起こったことが、真志歩の脳裏に蘇った。かなり異なるシチュエーションではある。しかし、美咲は白河の手を逃れた夜、包丁で白河を刺し殺した自分を夢に見て怯《おび》えていた。包丁がそばにあったのだから、それが現実になっていたかもしれない。そして、小塚は男だから、包丁がなくても野平に死をもたらす力をもっているだろう。そんな悲劇が現実に起きなかったことを願うけれど。

「大丈夫」と、理佳子は自分に言いきかせるように言った。「兄への疑いはすぐに晴れるわ。夕方なら、お客も多いはずだし、兄が店にいたことを証明してくれる人がきっといるはず。そうでしょう?」

「ええ」

理佳子は強い。感動するほど強い。小塚は、自分の警察への任意同行を知った時の理佳子の反応を危惧していた。しかし、理佳子はものごとをかなり前向きに解釈している。さっきから涙の一粒も流していない。それだけ兄を信じているということなのかもしれない。とにかく、理佳子にかんしてはひとまず安心だ。

とはいえ、警察が小塚を任意同行するに至った理由はなんなのだろうか。小塚を無罪だと断定するには、未知数が多すぎる。穴埋めするためには、瀬戸からいろいろと訊き出さなければならない。

理佳子がなにか言っている。

「ね、お食事、終わっている?」

「いえ、まだですけど」

「じゃあ、一緒に食べましょうよ。今日はビーフストロガノフを作ったの。兄が食べられないなら、作りすぎだわ。食べていって」

「いいんですか」

「いいもなにも、一人で食べるのはつまらないもの。でも、驚かないでね」

「なにを?」

「マスクをとると、顔がひどいの」

真志歩は驚き顔をしたくなかった。しかし、してしまったにちがいない。理佳子は小さく笑った。

「失敗してしまったの。お昼間に、空が厚い雲でおおわれていたので、つい庭に出てしまったの。薔薇《ばら》が咲いたというので、切り花ではなく庭でぴんと胸を張っている姿を見たくて」

理佳子の目が、実物の薔薇を前にしているように柔らかく輝いた。きれいだった、と口の中でつぶやいてから、理佳子はつづけた。

「そうしたら、いきなり雲が割れて、日光が降り注いできたの。一応防御はしていたんだけれど、顔の下半分に陽《ひ》が当たってしまったのね。それで、湿疹《しっしん》がたくさん出ちゃって、ひどい状態なの」

「日光に少しも当たっちゃいけないんですか」

「ええ、少しも」

「じゃあ、日中、外には出られない」

「ええ。でも、夜は出られるのよ。夜によく散歩に連れていってもらうわ。満月の夜、川原を散歩するのはとくに素敵よ」

理佳子は楽しそうに言ってから、秘密めかした小声になった。

「いずれ月がなくなるって、知っている?」

「え、本当ですか」

「月は毎年三メートルから四メートル、地球から離れていっているんですって」

「どうしてそんな」

「月は地球の海を引っ張っているでしょう。それで、力が少しずつ失われていく分を位置エネルギーで補うことになる。つまり、地球から遠ざかっていくということになるの」

真志歩には、理由と結論の間のつながりがよく分からない。物理は昔から苦手だった。

理佳子は声をたてて笑った。

「そんな顔しないで。月と地球の間って、三十八万キロもあるのよ。それでも、あの大きさで見えているんだから、年に三、四メートル離れたからってなにほどのこともないわ。百年経っても、たったの三、四百メートル遠くなるだけ。私たちが生きている間、月は充分に見えているでしょう。そして、日光アレルギーの人間を太陽の代わりに慰めてくれるわ」

「それはよかった。日光アレルギーでなくても、月を見られなくなるのは寂しいから」

真志歩は言ってから、理佳子を傷つける発言ではなかったかと、気になった。重い障碍《しょうがい》をもつ人とつきあったことがないので、気持ちを汲《く》み取るのがむずかしい。整形外科で働いているにもかかわらず、車椅子の患者と触れあう機会もまだない。本当にボランティアの経験があればよかったのに、とつくづく思った。

理佳子は気を悪くしたふうではなかった。

「じゃ、キッチンへ移動しましょう」

車椅子をまわした。背後の壁へ行き、木の小枝の一本に手を伸ばす。近くに寄って見ると、それは描かれたものではなかった。小枝の形をしたドアノブだった。理佳子はそのドアノブをまわし、壁の一部を開いた。

どんなキッチンなのだろう。この場所（ホールとでも呼ぶのだろうか）と同様、奇抜な意匠を凝らしているのだろうか。真志歩は興味津々で覗きこんだ。

現れたのは、なんの装飾もない、機能的なキッチンだった。ガステーブルも流し台もその他の道具も、理佳子が車椅子に座ったまま調理できる高さにそろえられている。

キッチンにも、窓はついていない。森の中にいるような錯覚ができないので、真志歩は多少の息苦しさを感じた。

テーブルがあって、ここで食事をできるようになっている。椅子は一脚で、当然小塚の定位置だ。置かれたクッションに「信」という一字が刺繍《ししゅう》されている。

理佳子は、ガステーブルに載っていた鍋に火をつけた。

「温め直すわね」

「なにかお手伝いすることはありますか」

「いいの、いいの。座っていて。兄の椅子しかないけれど、かまわないでしょう?」

「理佳子さんがいいのなら」

「いいに決まっているわ」

理佳子は、器用に車椅子を操り、動作に遅滞がない。ご飯とともに盛られたビーフストロガノフとシーザースサラダが二人分、手早くテーブルに並べられた。

「はずすわね」

理佳子は、顔の下半分を覆っていたマスクに手をかけた。真志歩の心臓の鼓動が高まった。下半分が見えたとたんに目をつぶってしまうのではないかと恐かった。

マスクの下にあったのは、じゅくじゅくとした数多くの湿疹だった。目をつぶりたくなるほどのものではない。

「ひどいでしょう」

「かゆいんですか」

「かゆいというより、少しピリピリするの。で、これを見て、あなたの食欲が衰えるなんていうことはない?」

「とんでもない」

「よかったわ。見慣れている人はなんともなくても、はじめての人はどうかなと不安だったの」

「気にすることはないと思いますよ、ピリピリするのは辛いでしょうけれど」

理佳子は淡くほほえんだ。

「じゃあ、食べましょう」

「いただきます」

ビーフストロガノフもサラダのドレッシングも、申し分なかった。

「お料理までお上手なんですね」

「ありがとう。全部自己流よ」

「材料は、どうやってそろえるんですか。お兄さんが買ってくるんですか」

「生協に入っているの。一週間に一回、持ってきてくれるわ。最近はネットでも買えるようになったし、なんの不自由もないわ」

そうか。じゃあ、小塚が万が一何日も帰ってこられなくても、生活に支障はないだろう。

「でも」と、理佳子は真志歩の心を読んだかのように言った。「独りぼっちは嫌なの」

「はあ……そうですね」

「あなたは？　あなたはご家族と暮らしているの？」

「アパートで一人暮らしです。実家は北海道の函館で、大学入学のために上京したんで」

「寂しくない？」

「こちらの大学に来た当初は寂しかったです。北海道の学校に進学すればよかったと、ずっと後悔していました」

裕貴と同じ大学に進学すればよかったという意味の後悔だったが、理佳子はどう受けとったのか、深くうなずいた。

「家族と離れるのは辛いわよね。両親が亡くなった時は、なぜ私も連れていってくれなかったのかと、恨んだわ」

「ご両親、亡くなられたんですか」

「兄から聞いていない？」

「ええ」

「火事で亡くなったの、兄が中学一年生、私が六歳の時に。その時の火事でこの足も……」

理佳子は、手でエプロンの膝のあたりをさすった。

「幸い、母の実家が資産家で、私たち兄妹はなに不自由なく育ててもらえたけれど、その祖父母も数年前にたてつづけに亡くなって、いまは兄と私とたった二人きり」

　理佳子は室内を見回した。

「実は、ここ、もともと私たちが住んでいた場所なの。火事のあと、祖父母は放置していたんだけれど、兄が戻ろうと言って、新しく家を建てたの。家が変わっても、兄には土地になにか思い出のよすがになるものがあるらしい。栗の木とか柿の木とかに。でも、火事の時に六歳だった私にとっては、新しい思い出づくりの場所だわ。といっても、積み重なるのは夜の光景ばかりだけれど」

　理佳子は、陰鬱な表情をしていたわけではない。語り口は家の間取りでも説明するかのように淡々としていた。しかし真志歩は、息をつめて聞いていた。日光アレルギーに車椅子、おまけにその車椅子になった原因の火災で両親を亡くしている。どうして一人の人間にこうも多くの不幸がもたらされるのだろう。人ごとながらこれ以上の不幸は来てほしくない。

　理佳子は、ハッとしたように真志歩にむかって手を合わせた。

「ごめんなさい、食事中にこんな話をして」

「いえ……」

　真志歩は言葉を探した。同情の言葉を口にするのはやめた。理佳子の態度から、そうしたほうがいいと感じたのだ。

「店長さんもご苦労されたんですねえ」

「ええ。兄はいつも私のためを考えて行動してくれているわ。雑貨店を開いたのだって、私をなんとか世間とつなげたいと思ったからにちがいないの。都心にあった祖父母の家を売って吾川に戻ってきたのだって、雑貨店を開くのに安くていい場所を探した結果だと思う。本人は生まれ育った地域で暮らしたいと言っていたけれど」

理佳子は手を伸ばし、テーブルに置いていた真志歩の手をつかんだ。

「兄は、やさしくてまっすぐな人よ。決して人を殺したりはしないわ。信じて」

真志歩は、大きく首をたてに動かした。


その夜、予想通り、小塚はいつまで待っても帰宅しなかった。

八時ちょうどに、入浴の介助をしにボランティアが来た。五十代半ばとおぼしい、恰《かっ》幅《ぷく》のいい女性だった。

「ごめんなさい」と、理佳子は頭をさげた。「今日はちょっとお風呂に入る気になれないの。連絡すればよかったんだけれど、入浴のことさえ忘れてしまっていて」

「ああ、そうなの」

女性はあっさり帰っていった。

せっかく来てくれたのに、と真志歩はいくぶん女性が気の毒だった。その思いを察したのか、理佳子は説明した。

「うちから一、二分もかからないところに住む人なの。私、アクセサリーを作っているとつい夢中になってしまって、お風呂に入るのをとりやめることがあるから、慣れてしまっているみたい」

「アクセサリーを作っているのも忘れちゃうんですか」

「ええ、そうなのよ。細かい細工なんかは、途中でやめると手の感覚が狂ってしまって、模様が歪《いびつ》になったりするの。だから、どうしてもキリのいいところまでやめられなくてね」

「いいですね、夢中になれることがあって」

「あら、あなたはないの」

「ええ。なにをしていいのか、なにになりたいのか、これっぽっちも見えなくて」

「じっくり探すことね、まだ若いんだから」

いや、もう社会人だから、と真志歩は言いかけ、危うく言葉を呑《の》んだ。小塚には大学生だと言ってある。事実をばらすわけにはいかない。

真志歩は心の中で溜め息をついた。嘘からはじめた関係って、しんどい。

十時をすぎると、理佳子は真志歩に帰るように促した。

「あなたみたいにかわいい子、あまり遅くなっては危ないわ」

「いえ、たいしてかわいくはないです。かわいくなくても、痴漢に遭ったことはありますけれど」

真志歩が真面目に答えると、理佳子は笑いころげた。

ともあれ、真志歩は帰宅することにした。小塚は少し妹を過小評価しているのではないだろうか。理佳子は心のしっかりした人だ。こういう状況下でも、とりあえずは一人で大丈夫だろう。少なくとも、ボランティアの経験のない真志歩がいるのは無意味か、もしかしたら余計な気遣いをさせるだけだ。そう判断してのことだった。

13

真志歩は、瀬戸からその日のうちにも連絡が来るだろうと考えていた。瀬戸は、重要参考人がなにかたのみごとをしていた真志歩から、有力な情報がひきだせるだろうと期待しているはずだ。しかし、案に相違して、電話が来ないまま朝が来て、出勤になった。

勤務中は、スマホを使うことができない。真志歩は昼休みを待ちかねて、ロッカーからスマホをとりだした。建物の外へ出て、電源を入れる。

電話がかかってきたという記録はなかった。

瀬戸の沈黙はなんなのだろう。真志歩に連絡をとるまでもなく、事件は解決したのだろうか。

真志歩は、理佳子から教えられた『吾川なんでもニュース』のブログを開いた。

ざっと見たところ、野平の事件にかんして新しいニュースはないようだった。野平が殺害されたという情報も、その犯人が逮捕されたという情報も載っていなかった。

迷った末、真志歩は瀬戸の電話番号をタップした。電話は、伝言サービスにつながった。

「佐藤です。会えませんか」

とだけ吹き込んで、切った。

捜査状況を知りたくてたまらなかった。もしかして、小塚は嫌疑を解かれて帰宅しているかもしれない。そうも思ったが、理佳子に電話して確認するのは避けた。まだ帰っていなければ、理佳子の心をいたずらにかき乱すだけではないかと不安だったのだ。

瀬戸から連絡が来たのは、その夜の九時近くだった。風呂とシャワーのどちらにしようか迷っている時に、スマホが「乙女の祈り」を奏でた。

「もしもし。連絡遅くなってごめん。これから会える？」

瀬戸は一気に言った。真志歩に否はなかった。吾川駅前のファミリーレストランで十五分後に会うことになった。

ファミリーレストランに現れた瀬戸は、目を死んだ鰊《にしん》のように充血させていた。髭《ひげ》が濃くなり、ワイシャツの襟もよれっとしている。

「家に帰っていないんですか」

瀬戸は否定しなかった。

ウエイトレスに注文をしてから、さらに真志歩は訊いた。

「職場を抜け出して来たんですか」

「手強《てごわ》い奴《やつ》を相手にしているんで」

と、瀬戸はおじさんのようにおしぼりで顔をぬぐう。

「手強い奴って小塚さんのこと？」

「佐藤さんは、奴からなにかを託された。そうだろう？」

「それを知りたくて、職場を抜け出したんですね。捜査は二進《にっち》も三進《さっち》もいかない状態？」

「二進も三進もというわけではないよ。彼の口を割れないだけで」

瀬戸は、テーブルに上半身を乗り出した。

「ね、実際、なにをたのまれたの」

「妹さんに、今夜は帰れないかもしれないと伝言して見守ってあげてほしい、ただそれだけですよ」

瀬戸は上体を起こし、腕を組んだ。

「一応、奴の説明と一致しているな」

「どうして、さっさと私に連絡して、ウラをとろうとしなかったんです」

瀬戸の死んだ鰊のような目が面白そうに光った。

「だいぶ警察用語に習熟してきたようだね」

「え？　あら、一月にけっこうそういう言葉を耳にしたから。で、どうして？」

「奴は、きみの名前も住まいも知らないって言うんだよね。最近よく店に来るお客さんで、ボランティアの経験があるということだから、妹をたのんだんだ、と。それが嘘だとしても、まあ、こっちは佐藤さんのことを知っているんだから、後回しにしていいか、と」

「その通りです。小塚さんは私の名前をあの時はじめて知ったくらいなんです。住所も電話番号も教えていないわ」

ウエイトレスが瀬戸の親子丼セットを持ってきた。真志歩にはアイスコーヒーだ。

瀬戸は、親子丼を数口食べてから言った。

「よくそういう人に、奴は大事な伝言をたのんだね」

真志歩は小さく肩をすくめた。人徳です、と言ってやろうかと思ったが、やめた。ボランティアという嘘の一言が効いていたのだろうから、人徳どころではない。

「妹さんとは会いました？」

「いや。僕は会っていない。ほかの者が訪ねていったけれど、留守なのか会えなかったと言っていた」

理佳子が留守などということはありえない。居留守を使ったのか。

「どんな人？」

「車椅子なんです。あと、日光アレルギーで太陽が照っている間は外に出られないそうです」

瀬戸の目が大きくなった。驚いたらしい。

「小塚さんから聞いていません？」

瀬戸は首をふった。

「奴は、きみにたのんだ用件以外は、なにも話そうとしないんだ」

「妹さんの状況を話して、せめて夜の間だけでも家に帰してもらえるように交渉すればいいのに」

「妹がそういう状況であっても、無理だよ。逮捕されているんだから」

真志歩は、耳を疑った。

「小塚さん、もう逮捕されてしまっているんですか」

「そうだよ。でなかったら、いくらなんでも、夜には帰宅させているよ」

「ニュースになっていないから、てっきりまだだと……」それから思い出して、「それに昨日の電話では事件かどうかも分からないと言っていましたよね。小塚さんを連れていくたった数十分前に！　あれは嘘だったんですか」

「嘘じゃないよ。取り調べ中、捜査が急展開したんだ」

「どんなふうに」

「いや、それは……」

瀬戸が言い渋ったので、真志歩はべつの方向から探りを入れた。

「妹さんに会えなかったというのなら、小塚家の家宅捜索もしていないということでしょう？　逮捕したのにそういうことをしていないというのは、よほど確かな証拠があるということですよね」

「家宅捜索をしていないのは、野平さんの死因が判明しているからだよ。階段から転落して、傷ついた鼻腔《びくう》の血液が気道に流入し、窒息死したんだ。頭蓋骨も損傷していたけれど、それだけだと死なずにすんだかもしれないと解剖医は言っていた。凶器を捜索する必要がないんで、家宅捜索は後回しになっているんだ。捜索には住人の立ち会いも必要だし」

言ってから、瀬戸は苦い顔をした。外部の人間にしゃべりすぎたと思ったようだ。親子丼の大きな塊を口に詰めこんだ。言葉を塞《せ》き止めようとするかのように。

真志歩としては、もっと情報がほしい。逮捕の決め手がなんなのか。自分にその決め手を崩すことはできないのか。いや、小塚についてろくに知りもしないうえ、なんの力もない自分にできるはずがないけれど。ただ、理佳子に伝えるために、少しでも多くの情報を持ち帰りたい。

瀬戸の口を開かせるために知恵をしぼらなければならない。真志歩はそう自分に言い聞かせる。

「妹さんは、私にこう言ったわ。ウイークデイの夕方に兄が店を抜け出して、店員の家に行くことなんてあるかしら。たとえば、出勤予定の店員が無断で休んでいるので仕事の合間を縫って様子を見に行く。そういうことなら、あるかもしれない。でも、そこでその店員を殺すシチュエーションになるなんて、とても考えられない」

瀬戸は、コップの水で口の中のものを飲みくだし、

「事件が起こったのがウイークデイの夕方だなんて、誰が言ったの？」

「ちがうんですか。『吾川なんでもニュース』に載っていましたよ。水曜日の夕方、心肺停止状態の野平さんが発見された、って」

「『吾川なんでもニュース』？」

「知りませんか？　ほら」

真志歩は、自分のスマホで『吾川なんでもニュース』を引き出して、瀬戸に示した。

昨日の野平の記事は、はるか後方に行ってしまったらしく、たどりつけなかった。野

平関連の新しい情報もない。なんとかさんの家の犬がいなくなったとか、某小学校の教師に猥褻《わいせつ》の疑いとか、そういうのがトップに来ている。

瀬戸は憤然とした表情でブログを眺めた。

「誰が作成して流しているか知らないけれど、不正確な記事がたくさんあるんじゃないかな。第一、小塚逮捕の報が載っていないし」

「小塚さん逮捕の報が来ていないのは、ちょっと私も情報が遅いと思いますけれど、でも、野平さんが病院に運ばれてきたのは、水曜日の夕方ですよ。私、搬送されるところを見ましたもの。不正確な記事じゃないですよ」

それから、思い出してつけくわえた。

「夕方というのは、『リンゴの気持ち』にとって、とても忙しい時間帯なんです。小塚さんがわざわざ店を抜け出して、野平さんの様子を見に行くとは思えません。川下町から駅前の『リンゴの気持ち』まで、往復すれば車でも四、五十分はかかるでしょう。渋滞する時間にさしかかっているから、もっとかかるかもしれません」

「発見されたのは水曜の夕方だけれど」

瀬戸は言った。真志歩に聞かれたいのか聞かれたくないのか分からない、ごく低い声だった。

「階段から落っこちたのは、それより前だったということですか？　でも、あの状態の野平さんがそんなに長く発見されていなければ、病院に着いた時はすでに亡くなっていたんじゃないですか」

「亡くなっていたも同然だったと、麗香さんが教えてくれたよ」

「そうなんだ」

もっと早く発見されていれば、助かった可能性はあるのだろうか。野平は、一月に真志歩が発見した怪我人と同じ運命をたどったのだろうか。真志歩の胸が焼けつくように痛んだ。胸の痛みは怒りをともなっていた。

「吾川マンションって、野平さんの住まいなんでしょう。そんなに長々と住民が出入りしないマンションなんてあるのかしら」

「吾川マンションに行ってみれば、納得できるよ」

「どういうこと?」

瀬戸はそれ以上は言わなかった。

真志歩は頰を思い切りふくらませた。

「瀬戸さん、蛇の生殺しはよしてください」

「そっちこそ、蛇の生殺しだなんて、人聞きの悪い言い方はよしてよ」

「だって、どうして野平さんの件が殺人で、小塚さんを犯人と見込んでいるのか、教えてくれないんですもの」

「そりゃ、事件の重要部分を部外者に教えることはできないよ」

瀬戸は断固として言った。真志歩は唇を噛んだ。

「そうですか。私と瀬戸さんって、敵と味方に別れるんですね」

「敵と味方？」

「私、小塚さんの無実を信じていますから」

真志歩は、あれ？　と思った。鼻の奥が熱くなって、目の前の光景がにじみはじめた。私、泣いている？

アウアウという声が真志歩の喉から溢《あふ》れてきた。瀬戸は狼狽《うろた》えた様子で椅子から立ち上がり、真志歩にむかって片手を伸ばした。

「あの、ちょっと、泣くのはやめて。どうして泣くのかな」

周囲の客と店員が、横目で瀬戸と真志歩を見ている。瀬戸が真志歩をいじめて、あるいは別れ話をもちだして、泣かせていると思っているのかもしれない。

「ねえ、こんなところで女の武器を使わないで」

「女の武器？」

「なにかあるとすぐ女の人は涙を使うでしょう」

「失礼ね。使いたくて使っているわけじゃないですよ。ただ、なぜか涙がとまらない……」

真志歩はしゃくりあげながら言った。

「小塚が好きなの？」

「は？」

「好きだから、無条件で奴の無実を信じているの？」

「ちがいますよ。座ってください。よけい目立ちます」

瀬戸は椅子に座り直した。真志歩は、手の甲でしきりに涙をぬぐった。涙腺は徐々に閉まってきた。

「私はこれ以上、理佳子さんを不幸にしたくないんです。小塚さんを陥れようとする人がいたら、必ず化けの皮を剝がしてやります」

「小塚を陥れる……」

瀬戸は口もとに拳を当て、考えこむ姿勢になった。その間に、真志歩の涙はすっかりおさまっていた。真志歩はティッシュで鼻をかみ、アイスコーヒーで失われた水分を補給しながら、瀬戸の様子を窺った。

ウエイトレスが来た。おさげしてもよろしいですか、とおずおずと訊き、瀬戸がうなずくと親子丼定食の食器をさげ、代わりにコーヒーを持ってきた。ウエイトレスが行ってしまうと、

「僕だって」

と、瀬戸はようやく口を開いた。

「無闇に人に罪を着せたくはないよ。だけど、もし野平さんが何者かの手によって死に追いやられたのなら、その者は罪を償わなければならないと思っている。たとえそれが、とても不幸な女性の肉親であったとしても、ね」

ずいぶん慎重なもの言いをしている。何者かの手によって死に追いやられたのなら、というのは、つまり野平の死は殺人とはかぎらないということだろうか。過失致死とか、そういう可能性もあるのだろうか。

「それはそうだと思います」真志歩はいくらか躊躇いながら言った。「罪を犯した人がなんの償いもせずにのうのうと生きていちゃいけないと思う。それは正義じゃないわ。でも、一人の人に不幸ばかりが襲いかかるのも正義じゃないと思う」

瀬戸は、沈んだ表情になった。

「一人の人に不幸ばかりが襲うというのは、残念ながら、この世の中には山のようにあるよ。誰が悪いのかは分からないけれどね。そう、僕があつかった事件でも」

瀬戸は、コーヒーカップに目線を落として言った。

「二十一歳の男が、十八歳の若者を刃物で刺して重傷を負わせたんだ。若者は母子家庭で育って、その日はじめて給料を手にして、苦労させた母親にケーキを買って帰る予定だった。犯人のほうは、親から虐待を受けて育った。彼は高校を卒業するまで我慢して家にいたけれど、卒業と同時に家を出て、自活をはじめた。絵を描くのが得意で、アニメーション製作会社に勤めることができたんだ。しかし、二十歳の時、自動車事故で右腕が麻痺《まひ》し、アニメーション製作会社を辞めざるを得なくなった。利き腕が動かないとなると転職先もなく、家賃を溜めこんでアパートを追い出され、ネットカフェを転々としていた。所持金が百円玉一枚になったところで、若者を襲ったんだ。若者から金を奪いたかったというよりも、浮き浮きした様子が憎かった、と動機を語っていた」

真志歩の目にまた涙が盛りあがってきた。

瀬戸は、コーヒーカップから真志歩に視線を移して言った。

「ごめん。泣かせるつもりはなかったんだ」

「被害者もかわいそうだけれど、加害者もかわいそうすぎる」

「ああ。でも、かわいそうでも、悪いのは、ナイフを振るったほうだ」

真志歩は、うなずくしかなかった。

「小塚さんの容疑は濃厚なんですか」

「小塚が野平さんを階段から突き落とすところを目撃した人物がいる」

さっきまで金科玉条のように守られていた事実があっさりと明かされた。

プツッと、真志歩の心の中でなにかが切れる音がした。瞬電したように脳が空白になり、そこから理佳子の姿が浮かびあがった。兄の容疑を耳にしても気丈に耐えていた理佳子。

理佳子なら、きっとこう訊くだろう。

「それは誰」

瀬戸は今度はさすがに固く口を結んでいた。

真志歩の脳細胞が通常とは異なる方向にフル回転した。ミステリ小説が好きだという理佳子が乗り移ったのかと思われるほどに。

あっという間に、ひとつのストーリーが真志歩の中で形を成した。

「もしかして、証言したのは和田多真美さん？」

瀬戸の瞳孔が大きくなった。図星を指されたという表情だ。

「やっぱり和田さんなんですね」

つづけて真志歩は、自信たっぷりに言った。

「それ、きっと偽証ですよ」

瀬戸の口が開いた。そのまましばらく声が出てこなかった。やがて、瀬戸は言った。

「なにを証拠に」

「和田さんは、野平さんと小塚さんを張り合っていたんです。小塚さんの心が野平さんにかたむいた、そう見た和田さんは、かわいさあまって憎さ百倍。小塚さんを陥れることにしたんです」

瀬戸は仏頂面になって、右手で頬杖をついた。

「いったいその思い込みはなに」

「まちがいありません。もしかしたら、和田さん自身が野平さんを階段から突き落としたのかもしれません」

「和田さんから直接話を聞いたわけでもないのに、そういう当てずっぽうはやめてほしいな。刑事は、同情や思い込みで犯罪の構図を描くべきじゃないんだ」

「私、刑事じゃないもの」

「そうだよ。だから、なおさら。佐藤さんは、和田さんの背景を知らないだろう。もし、和田さんにも同情すべき点があったら、きみはどうするつもり？　どこからか幸せ一杯に育った人を引っ張りだしてきて、その人を犯人に仕立てるのかい」

幸せ一杯。それは、佐藤真志歩かもしれない。いまでこそ母親から勘当されているけれど、資産家の家で祖父母からも母親からも大事に育てられ（父親はいていないような存在だったが）、なんの苦労もしてこなかった。真志歩こそが、今回の事件の犯人にふさわしい。

「そう。そうだわ。私が野平さんを突き落としたの」

瀬戸は、背筋をぴんと伸ばして、真志歩を見つめた。瀬戸の眉も目尻も一直線になって、ひどく恐い顔だった。

「なんのために」

なんのために？

「分からないわ。きっと、ほしかったペンダントヘッドをほかの人に売っちゃったんで、腹が立ったのね。なんの言い訳もしません。全部私が悪いんです」

瀬戸は、頭をふった。何度も何度もふった。髪の毛についたなにか見えない汚れをふるい落とそうとしているかのようだった。

「悪かった」

瀬戸は言った。

「僕は、佐藤さんの心を壊しちゃったみたいだ。和田さんに近づくようにたのまなければ、こんなことにならなかったのにね」

瀬戸は心底悲しそうだった。その悲しみに晒《さら》されているうちに、真志歩は徐々に自分をとり戻してきた。アブノーマルに終了したパソコンがひとつひとつのファイルを確認して再起動するように。

「ごめんなさい。私、少しおかしくなっていたみたい」

真志歩は素直に謝った。

瀬戸はかすかに唇の両端をあげた。ほほえんだようだが、まだ安心しきってはいないみたいだった。

「和田さんもなにか辛い過去をもっているんですか」

真志歩は訊いた。瀬戸は首をふった。

「和田さんの人生については聞いていない」

瀬戸も心のどこかに変化が生じたのだろうか。真志歩の知りたかったことを、とつとつとしゃべった。

「僕たちが和田さんから聞いたのは、小塚が水曜日の二時ごろ、遅い昼食をとりにいくと言って店を出たので、勝手に店を閉め、小塚のあとをつけていったということ。そうしたら、案の定、野平さんのアパートへたどりついた。案の定というのは、朝、野平さんから病欠の電話がかかってきたので小塚が様子を見に行くのではないかと考えていた、ということらしい。野平さんの部屋の玄関ドアに耳を押し当てて中の様子を窺っていたら、いきなり二人の声が間近になったので、慌てて階段を駆けおり、アパートから遠ざかった。途中でふりかえると、小塚と野平さんが玄関前の通路でもみ合っていて、野平さんが階段から転げ落ちた。和田さんは逃げてしまったので、その後の小塚の行動は見ていない、ということだった。小塚が野平さんを病院に運んだんだろうと思っていた、とも言っていた」

真志歩は、どこかで見聞きしたなけなしの法律知識を総動員した。

「それって、殺人ではなく、過失致死になるんじゃないんですか」

「そうも見えるけれど、和田さんの目撃にかんして、小塚は黙秘している。野平さんがはずみで階段を落ちたのなら、罪は軽くなるんだから、肯定するはずだろう。あと、階段を落ちた野平さんを、小塚は放置して立ち去っている。未必の故意による殺人と見なすこともできる」

「小塚さんは野平さんに亡くなってほしかった？」

「かもしれない」

真志歩は沈黙した。和田の証言は怪しい。その思いが拭いきれない。しかし、それはただの勘だ。自制が戻ってきていた。さっきのように、思いをそのまま口に出すことはできなかった。

和田に会いたい。しかし、「リンゴの気持ち」が開店しているとは思われないから、店で会うことはできないだろう。

「あの」

和田さんの連絡先を教えてほしいと言いかけて、真志歩はやめた。まだ和田を理由もなく疑っているのかと、瀬戸に呆れられるだろう。それに、瀬戸を介さなくとも和田の住所を知る方法があった。それを思い出した。

「そろそろ帰ります」

真志歩は立ち上がった。

「ああ。送っていくよ」

「いえ、大丈夫。自転車で来たし」

瀬戸は無理強いしなかった。自分の飲食代を自分で払って、二人は店を出た。瀬戸は駅にむかい、真志歩は南口駅前商店街へむかった。商店街の一画にある美咲の家へ行くつもりだった。十時をだいぶすぎていたが、美咲はまだ起きているだろう。家の前を通りかかって窓に明かりがついていれば訪ねようと考えていた。

14

柚木家には明かりがともっていた。二階三階の住居部分ではなく、かつて華麗屋だった一階の窓だ。真志歩はガラス扉をノックしてから、ドアノブを押した。

美咲と鵜川と、それから見知らぬ女性一人がテーブル席に座っていた。一斉に扉に顔をふりむけた。

「あら、佐藤さん」

美咲は、意外そうに目をぱちぱちさせた。

「あー、お邪魔だったでしょうか」

「ううん。相談がすんで、そろそろ帰らなきゃと言いながら、おしゃべりしていたの」

鵡川がほほえみながら言った。

「相談……」

あの件だろうか。真志歩は、見知らぬ女性を失礼のない程度に見た。垂れ目でふっくらした頰。化粧は薄く、頭髪は漆黒で耳の辺りの長さ、ゆるやかにパーマをかけている。着ているものは、濃紺の六分袖のTシャツとグレーの綿パンツ。年齢は二十五歳から三十歳といったところか。華奢な体形で、全体にかわいらしい雰囲気だ。美咲とは全然似ていないが、白河の標的になっても不思議はない。

女性はちょっと肩に力が入っているようだ。セクシャルハラスメントの被害者でそれにかんする話をしていたのなら、未知の人物の突然の参入は神経を波立たせたかもしれない。

「こちら、佐藤真志歩さん。私がセクハラ被害を相談した最初の相手」

美咲が紹介した。女性の緊張が見るからにゆるんだ。

「田中です」

自分から名乗った。

真志歩ははじめましてと頭をさげてから、テーブルへ行き鵡川の隣に座った。

「お邪魔します。あの、鵡川さんに連絡をとりたかったので、ちょうどよかったです」

「あら、なにかしら」

「でも、その前にそちらのご用がすんでから」

「さっきも言ったように、いまは雑談していたのよ」

「ええと、しゃべっちゃってもいいかしら」

美咲が田中に訊いた。田中はうなずいた。

「白河を週刊誌に告発するための証言をしてくれることになって、それで相談していたの」

「そう。それはなんというか……」

よかった、と言うのはふさわしくないだろう。田中のかわいらしい雰囲気の底に、暗さが透けていた。照り輝きたがっている太陽をおおい隠すような、意地の悪い雲の暗さだ。田中はまだ自分の身に起こったことを消化しきっていないにちがいない。あるいは、一生消化しきれるものではないのかもしれない。真志歩はよかったと言うかわりに、

「早かったですね」

と言った。

「ええ。学園の女性の講師に相談したら、彼女も薄々知っていたということで、すぐに動いてくれたの」

「ああ、それはよかった」真志歩は、今度はよかったという言葉を口にした。「いつまでも目をつぶっていていい事柄じゃないですものね」

田中は大きくうなずいた。

「なんとかしてやりたかったけれど、ほかにも被害者がいるかどうかも分からず、この二年間、一人で悶々と抱えていたの。声をかけてもらって本当によかった」

「二年間も……」

涙がこみあげてきた。私が泣いちゃ失礼だ、と真志歩は歯を食いしばる。真志歩の抑えられた涙が伝わったかのように、田中は両手で口もとをおおった。鵜川が田中の体をひきよせた。美咲が手を伸ばして田中の背を撫でる。

田中は口から両手をはずして笑顔を作った。

「私、もう泣かないから」

うんうんと、残りの三人はうなずいた。

四人は、しばらく黙ってコーヒーを飲んだ。不思議なほど静かで穏やかな時間が流れた。

「で、私に用というのは？」

やがて、鵜川が真志歩に訊いた。

「あ、和田さんの連絡先を知りたいんです」

「和田さん？　和田多真美さん？」

「そうです」

「なにかあったの」

「ええと、全部説明します？　長くなるんですが」

今度はこちらが部外者の耳を気にする番だ。田中はすぐに察して、

「私、そろそろ帰ります」

席を立った。

「そうね。お家《うち》が遠いんですものね。気をつけて帰ってね」

美咲も立ち上がった。田中を戸口まで送っていき、

「じゃ、明日よろしく」

「こちらこそよろしく」

田中は店を出ていった。

「で、なにがあったの」

美咲は席に戻ってきて、訊いた。

真志歩は、野平が亡くなった件からはじめて、小塚の逮捕、理佳子の状態、和田の証言までをざっと説明し、自分の考えをつけくわえた。

「和田さんは、小塚さんを野平さんと張り合っていたにちがいないんです。その和田さんの証言を頭から信じていいのかどうか、私には分からないんです。どうしても、和田さんからじかに話を聞きたいんです」

真志歩が話し終えると、

「刑事から目撃者の証言までひきだしたの。たいした手腕ね。相手が瀬戸さんだとしても」

美咲が感心したように言った。

手腕、だったのだろうか。あのヒステリックな言動が功を奏したのかもしれない。真志歩はいまさらながら恥じた。

「まあ、瀬戸君は佐藤さんに弱そうだものね」

鵜川がニヤニヤしている。この人は瀬戸とどんな関係なのだろうと、真志歩はあらためて思った。

「でも」と、美咲が真顔になって、「和田さんが小塚さんを好きなら、どうして小塚さんに不利な証言をするのかしら。邪魔な野平さんがいなくなったんだから、小塚さんを独り占めできる可能性が出てきたわけでしょう。自分が目撃したことは胸にしまって、小塚さんに嫌疑がかからないようにするのが恋する女の態度に思える」

「あるいは」と、鵜川が自分の考えを披露する。「自分が目撃したことをネタにして、小塚さんを自分に縛りつけるという手もあるわよね」

美咲はくつくつと笑った。

「鵜川さんも意外に人が悪い」

「私が思うに」真志歩も開放的になって、憶測を吐露した。「野平さんを階段から突き落としたのは、本当は和田さんだったんじゃないでしょうか」

「それは私も考えたけれど」と、鵜川が言った。「それなら小塚さんは、どうして僕はやっていないときっぱり否定しないのかという疑問が残るわ」

「それは、和田さんをかばっているから」

「自分が殺人罪になるかもしれないというのに、和田さんをかばうかしら。小塚さんはそんなに和田さんを好きなのかしら」

言われてみれば、そうだ。和田の病室から出てきた小塚は、氷のように冷たい空気をまとっていた。恋人の身を案じる気配は微塵《みじん》もなかった。

真志歩が反論を思いつかずにいると、鵜川が新しい推理を口にした。

「小塚さんともみ合って階段から落ちた野平さんは、その時たいした怪我を負っていなかったのかもしれない」

「どういうこと？」

「逃げたと申告している和田さんが実はまだ現場にいて、小塚さんが去ったあと、野平さんの息の根をとめる行動をしたのかもしれない。でも、それを知らない小塚さんは、自分がやったと思って、黙秘しているのかもしれない」

「それだ。それにちがいありません」

真志歩は飛びついたが、美咲が呆れたように首をふった。

「鵜川さんも佐藤さんも、和田さんをずいぶんな悪者に仕立てているけれど、和田さんって、そんなに悪い人なの？　自分で殺しといて恋しい男に罪を着せる女性なんて、なかなか現実にはいないと思うわよ」

「あ」

真志歩も鵜川も赤くなった。

「ちょっとね、不自然に保険の請求が多いものだから」

「怪我が治っているにもかかわらず、痛みを訴えて入院したということで、なんとなく不信感をもってしまっていて」

「保険の請求が多いといっても、現実に怪我をしているわけでしょう。それに、治った怪我が痛むなんていうのは、機械ならぬ人間にはよくあることじゃないの」

まあ、それはその通りだ。

「とにかく、早く和田さんに会って、疑問を解消することだね」

真志歩はうなずいた。

「和田さんがうんと言ったら、明日にでも会うわ」

「明日か。ついていきたいところだけれど、明日は私たちもジャーナリストと会わなきゃならないんで」

美咲は、天井にむかって大きく片手を突きあげた。すでに戦闘モードに突入している表情だった。

私も頑張らなくちゃ、理佳子さんのために。真志歩は拳を握りしめた。

15

和田の連絡先さえ知れば、すぐに和田に会える。真志歩はそう思い込んでいた。しかし、ものごとはそう簡単には進まなかった。

翌日の土曜日、鵜川から聞いた連絡先に電話しても、和田は出なかった。三時間後に電話しても、やはり出なかった。真志歩は一時間おきに和田の電話番号をタップするようになった。図書館から借りた本を読みながらのことである。

時おり、ハッと本の内容に注意がむいた。目をおおいたくなるような患者の写真が載っている頁だった。そうか、と、真志歩は悟った。医療関連の本をなかなか手にとろうとしなかったのは、こういう写真が載っているだろうと予測していたからなのだ。

内科や精神科なら血を見ないですむかもしれないけれど、そうでなければ医療の現場も警察の現場も、血がつきまとうのは同じかもしれない。だったら、病院ではなく警察に勤めてもいいという理屈になる。

この秋の警察の採用試験を受けようか。刑事として事件を担当できれば、証人と連絡ひとつとるのにも苦労することはないだろう。こんな苛立たしさを感じないですむにちがいない。

九時になると、真志歩は自分の電話が嫌がらせじみていることに気がついた。諦めてスマホを充電機につなぎ、しばらく本を読んでから入浴してベッドに入った。

夢を見た。

森の中を、理佳子の車椅子を押して歩いていた。押しているのが自分なのか、それともほかの誰かなのかは分からない。足もとでカサコソと音がするのは、枯れ葉が絨毯《じゅうたん》のように敷きつめられているからだ。季節は秋なのかもしれない。

「気持ちがいい？」

押し手は理佳子に言葉をかけた。その声は明らかに小塚のものだった。

「うん、とても」

理佳子は頭を仰向《あおむ》けた。銀色の光が理佳子の顔を染めた。頭上には銀盤のような満月が輝いていた。

「知っていた？　日光浴はお肌の大敵だけれど、月光浴は美容にいいんだよ」

「だから、理佳子はそんなに美しいんだね」

「美しいだなんて」

理佳子の頬が薄紅色に染まった。

小塚の上体が、理佳子にむかっておりてきた。

キス……と思った瞬間、理佳子と思えていた顔が真志歩自身のものにすり替わった。そして、唇にむかってきた小塚の顔は、紛れもなく裕貴だった。

が、それを確かめたとたん、場面は闇に閉ざされた。空に目をむけると、月がリンゴに変わっていた。リンゴは腐りかけていて、どろどろの汁を滴らせている。ねばつく汁がピチピチと頭上に降ってきて、真志歩と裕貴をからめとろうとしていた。

からめとられた二人の行き先は、熱く熱せられたフライパンだ。

真志歩は悲鳴をあげた。

真志歩は目を覚ました。心臓が早鐘を打っていた。

なんという夢を見てしまったのだろう。裕貴とのキスは嬉しいけれど、でも、最後は熱したフライパンだ。たったキスひとつで、罰を受けさせられたみたいだ。

罰、か。

本当にあれは私と裕貴だったのだろうか。自分の気弱な道徳感が兄妹のラヴ・シーンに恐れをなして、顔の差し替えを行っただけではないだろうか。

私は、小塚と理佳子の仲を怪しんでいるのだろうか。考え込みかけて、真志歩はやめた。夢は夢だ。現実とはちがう。おかしな解釈をするのはよそう。

部屋はまだ薄暗かった。しかし、枕もとの目覚まし時計を見ると、すでに朝の七時をまわっていた。

夢の中と同じ、ピチピチという音がしている。半身を起こして窓のカーテンをあけると、外は大粒の雨が降っていた。

もう眠れそうになかったので、起き出した。この時間なら応じてくれるかもしれないと、和田に電話した。やはり出なかった。『吾川なんでもニュース』をチェックしたが、野平の事件にかんする続報はなかった。小塚の逮捕の報がなかったのだから、万が一釈放されていたとしても、載っていないかもしれない。結局、たいしてたよりになる情報源ではないのだ。

和田と連絡をとりたいという思いばかりが募っていった。昨日のように嫌がらせ電話めいたものにならないために、仕方なく、図書館から借りた本のつづきを読んだ。

真志歩は活字を読むスピードが速いので、借りた本のすべてを午前中に読み終えた。といっても、書かれた文字をすべて読んだというだけではあるが。本の内容が血肉になったとは、とても言えない。

返却期限が迫っている。昼すぎ、真志歩は本を返すために図書館へむかった。強い雨が降りつづいていたので、自転車は使わず、駅前からバスに乗った。

乗物というのは暇だ。どうしても、スマホをいじりたくなる。和田に電話したいという衝動を抑えているうちに、真志歩は肝心なことに気がついた。真志歩は見知らぬ電話番号からの電話は受けない。和田も同じなのかもしれない。

ショートメールシステムで名乗りをあげることにした。とはいえ、どう名乗れば会ってもいい人物として認定されるのだろう？

小塚の妹の友人？　用心されるかもしれない。

吾川市立病院の医療秘書？　事実だが、会うためのもっともらしい口実が浮かばない。

鵡川の会社の調査部？　これももっともらしい理由が思い浮かばないうえ、完璧な嘘だ。

悩んでいるうちに、図書館前に着いた。

バス停の標識を見て、真志歩はあれ？　と思った。「次は川下町3」と示されている。野平の住所が川下町3―2だったはずだ。バス停は二百メートル置きくらいにあるから、数分も歩けば野平の住まいに着くのではないだろうか。

一昨日、瀬戸は気になる一言を吐いていた。怪我をした野平の発見が遅れたことについて真志歩が疑問を呈すると、「吾川マンションに行ってみれば、納得できるよ」と言ったのだ。それで、その時は行ってみたいと思ったのだけれど、和田に連絡をとるのに夢中で、すっかり念頭から消えていた。

図書館はたまたま野平の住まいに近い場所にあったのだ。いや、野平の住まいがたまたま図書館に近かったと言うべきか。

真志歩は本を返却すると、新たに借りる本も探さず、すぐに吾川マンションへむかった。

マンションは簡単に見つかった。

真志歩のアパートのある町内と似通った景観の地域だった。一戸建てとアパートが混在している。吾川マンションはT字路の縦線からまっすぐの場所に位置していた。

和田は、逃げながらマンションをふりかえった。そして、小塚ともみ合っていた野平が外階段から転げ落ちるのを見た、と証言したそうだ。本当に見えるだろうか。

見えそうだ。階段は、道路に面している。

マンションの周辺からは、すでに規制線がはずされていた。真志歩は敷地内に足を踏み入れた。

建物は奥に長かった。といっても、玄関ドアの数からいって、上下二戸ずつしか部屋がないようだ。マンションというのは、いかにも大げさな呼称だった。建物自体はきれいだ。築後何年も経っていないだろう。

二階の道路側にあるドアにだけ「立入禁止」のテープが張られていた。そこが野平の部屋だったのだろう。

野平が吾川マンションの住人に発見されなかった理由は、建物が見えた段階で判明していた。建物の手前に、一メートル四方の大きさの看板が立っていた。その看板には「入居者募集」と大書されており、不動産屋の名前と電話番号が入っていた。

それを見た真志歩は、通りかかった五十がらみのおばさんをひきとめて尋ねたものだ。

「あのマンション、空いているんですか？」

「マンション？　ああ、アパートね。誰も住んでいないよ」

「よさそうなアパートなのに」

おばさんの口もとに笑みが弾《はじ》けた。いかにも秘密めかした小声になって、

「いままで住んだのは一人きり」

「え、どうして」

「家主の審査がうるさくて、みんな、はねられちゃうんだって。部屋を傷めないような人じゃなきゃ貸したくないって。だったら、アパートなんか建てなきゃいいのにねえ」

おばさんは、遠慮のない目で真志歩を眺めた。

「部屋を探しているの？　でも、あそこはやめたほうがいいよ」

「私じゃ大家さんのお眼鏡にかないませんか」

「じゃなくて、たった一人の借家人がこの間殺されたんだよ」

真志歩は、驚いた顔を作った。

「これで、あの大家は、もう二度とアパートからの収入を望めなくなるだろうね」

いい気味だという感情がおばさんの声ににじんでいた。

「大家さんをご存じなんですか」

「え？　ううん。単なる又聞き。大家はこの町の住人じゃないそうだから」

野平の死によって、吾川マンションは周辺住民のかっこうの噂の種になっているらしい。

そういう話を仕込んだうえで、真志歩はマンションの敷地に入ったのだ。一応、一階の玄関ドアのネームプレートを確認したが、名前は入っていなかった。それに、建物全体が森閑と静まりかえっていて、人が住んでいるとはとても思えなかった。

とはいえ、道路から階段が見えるのだ。階段の下に倒れている人をもっと早く見つけることはできなかったのだろうか。周囲の住人はけっこう近所に目配りしているみたいなのに。

真志歩は階段を上がり、野平の部屋の前へ行った。玄関前には誰が手向けたのか、いくつか花束が置いてあった。本当は倒れていた場所で合掌するべきなのかもしれないが、真志歩は部屋の前で手を合わせた。今度は私も花を持ってきます、と心の中で言いつつ。

階段をおりようとすると、道路をこちらにむかって歩いてくる女性が目に入った。うつむいているので、顔は見えない。しかし、透明のビニール傘越しに小さな花束を持っているのが見えた。野平のもとに来ようとしているにちがいない。なにか話が聞けるかもしれない。

女性が二階に上がってくるだろうと思ったが、来なかった。階段の下に花束を置いて、手を合わせている。

二階にいる真志歩に気づいていないようだ。真志歩は、女性を驚かさないように（無人のはずの建物から物音が聞こえてきたら、恐怖にちがいないから）足音を殺して階段をおりていった。

雨音に紛れるようなかすかな足音だったつもりだが、女性は気づいた。頭をあげ、こちらを見た。

顔がはっきりと見えた。偶然すぎるほどの偶然、和田だった。

真志歩は早足になって階段の最後の段をおり、声をかけた。

「こんにちは」

怪訝《けげん》そうな表情で、相手は挨拶を返した。

「こんにちは」

真志歩は、単刀直入に言った。

「私、昨日から和田さんにしつこく電話をかけていた者です」

和田は一歩、真志歩から遠ざかった。顔じゅうに怯えたような色が広がった。

「ごめんなさい。反省しています」

真志歩は心の底から頭をさげた。

「なんなの、あなた。なんで私の名前を知っているの？　私を待ち伏せしていたの？」

「まさか。和田さんがここに来るなんて思ってもみませんでした。図書館に来て、野平さんの住まいが近いことを知って、立ち寄っただけです」

「野平さんの知り合いなの？　なぜ私に電話をよこしたの？」

「ええと。野平さんの知り合いというよりは、小塚さんの妹さんの知り合いです」

和田の顔が歪んだ。

「理佳子さんの……すると、あなたは私を非難しようというのね」

「非難されるようなことをしたんですか」

真志歩は和田の目を見据えた。和田の傘が震えた。傘を持つ手が激しく震えたのだ。

「私は正しいことをしただけだわ」

「野平さんが階段から落下するのを見たんですね？　それを刑事に言ったんですね？」

「ええ、そうよ。事実ですもの」

和田は顎をしゃんと掲げて言った。目にうっすらと涙が盛りあがっていた。

真志歩は、あっと思った。この人は嘘をついていない。

　なにか確かな根拠を見たわけではない。涙したからといって、潔白とはかぎらないだろう。ただの勘だし、真志歩の勘は当たるのかと問われれば首をななめにするしかない。それでも、真志歩は和田を信じた。小塚と野平が玄関前でもみ合っていたのは事実で、そのために野平が階段から落ちたのも事実なのだ。だとすると、小塚はなぜ野平を救護しなかったのだろう。野平に死んでほしかったのか。

「私、あなたに見覚えがある」

と、和田が言った。

「お店に来ていたわよね？」

真志歩はぼんやりとうなずいた。

「小塚さんを好きなの？」

真志歩はびっくりして首をふった。

「いいえ、とんでもない」

「そう」

和田はなにか考えるふうだった。それから、真志歩のほうへ歩いてきた。

「雨の中でしゃべっているのは嫌だわ。行きましょう」

和田は真志歩のわきを通って、後ろも見ずに歩きつづける。真志歩がついてこようがくるまいが関係ないという態度だ。真志歩は慌てて和田の後ろを追った。よく見ると、和田は右足をかすかに引きずっていた。

真志歩は和田から二、三歩離れてついていった。和田がどこへ行くつもりなのか、分からない。しかし、真志歩から逃げようとしているわけではないと感じていた。

雨の降りしきる中を、十五分ほど歩いた。大通り沿いに出た。やっと和田は立ちどまった。ファミリーレストランの前だった。ガラス扉を押して、和田は入っていった。真志歩は、当然のようにつづいた。

店内は空いていた。和田は喫煙席を選んで座った。真志歩は煙草《たばこ》が嫌いだったけれど、離れて座るわけにはいかないし、禁煙席を提案するわけにもいかない。和田のむかいに腰をおろした。

和田は席につくなり、煙草を出して火をつけた。天井に白い煙を吐き出してから、

「ええと、それで、名前は？」

「佐藤です。佐藤真志歩」

「理佳子さんとは年齢が離れているようだけれど、知り合ったのはボランティアかなにかで？」

ウエイトレスが来たので、いったん会話が途切れた。真志歩も和田もホットコーヒー

を注文した。

真志歩は正直にすべてを話そうかどうしようか、迷っていた。しかし、返事のないのを肯定と受けとったらしく、和田は質問を重ねた。

「あれから、理佳子さんに会った？」

あれから、というのは、小塚の逮捕から、という意味だろう。真志歩はうなずいた。

「どうしていた？」

「意外に気丈に受けとめていました」

「そう。よかった。理佳子さんには会ったことがないけれど、小塚さんがいないと不自由しているんじゃないかと、それだけが心配だった」

「会ったことがないんですか」

「ええ、そうよ。理佳子さんのことをもっと早く知っていれば、こんなことにはならなかったかもしれない」

「どういう意味です」

「うーん。どう話したらいいのかなあ」

コーヒーが運ばれてきた。

コーヒーは、雨ではね返った泥のような色をしていた。

和田は煙草をふかしつづけた。

真志歩は、和田が話し出すのを辛抱強く待った。

「あなた、恋をしている？」

いきなり、和田は訊いた。真志歩は裕貴の顔を思い浮かべて赤くなった。

「しているのね？　どんな人？」

「どんなって、まあ、やさしくて、頭がよくて、ちょっとツレなくて」

「両思いじゃないの？」

「よく分からないんです」

いったいどこに話をもっていこうとしているのだ？

「ほかに好きな人がいそうだとか？」

「それはないと思うけれど……ただ、マザコンではあるけれど」

「それって、危険よ」

「危険？」

「アブノーマルな男かもしれない」

「えー、そんなことないですよ。彼はごくフツーの男性です」

「私も、小塚さんをごくフツーの男性だと思っていたわよ」

「ごくフツーの男性じゃなかったんですか？」

和田はコーヒーカップをとりあげて、苦い顔をした。苦い顔の理由がコーヒーの色であるかのように。

和田は、苦い顔のままコーヒーを一口飲んだ。

「色ほどひどい味じゃないわよ」

和田は言った。

「そうですか。小塚さんは、このコーヒーとはちがって、見かけとは逆にひどかったんですね？」

「残念ながらね」

和田は溜め息をついた。

「私も野平さんも、『リンゴの気持ち』の新規開店の時から勤めはじめたの。そして、すぐに小塚さんに恋をしたの」

「ええと、店が新規開店したのは一年くらい前？」

「一年三カ月前ね」

「じゃあ、一年三カ月、ずっと野平さんとはライバル関係だったんですか」

「ええ、そうよ。先に小塚さんの心をとらえたのは、野平さんだった。どうしてとらえることができたんだと思う？」

そんなことを訊かれても分かりっこない。二人の容姿に大きな差があるわけでもないし。

「どうしてなんです」

「野平さんがそそっかしかったから。彼女、去年のいまごろ、雨で濡《ぬ》れた店の床で滑って転んで足首を捻挫したのよ。ずいぶん重い捻挫で、歩くこともできなかった。小塚さんは、タクシーで野平さんを運んで、甲斐甲斐しく世話をしたわ。そのころに、野平さんと、まあ、男女の関係ができたのよ」

「同情から恋が芽生えるって、ありがちですよね」

「私もそう思ったわ。悔しくてたまらなかった。なんとかして野平さんから小塚さんを奪えないかと、考えつづけたわ」

真志歩の脳になにかが触った。なんだろう。つかめないでいるうちに、和田の話が進んだ。

「それから三、四カ月経ったころかな、ふと気がつくと、小塚さんの野平さんにたいする態度が素っ気なくなっていたの。チャンス、と思ったわ。ところが、そのころ、また野平さんが怪我をしたのよ。どこの怪我だったか忘れたけれど、数日お店を休んだんで、そこそこ大きな怪我だったんだわね。すると、小塚さんは熱心に野平さんのアパートにかよって、二人の仲は元の木阿弥……という言い方はおかしいか。でも、私にとっては二人の関係が修復されたのは嬉しいことじゃないからね。気分は元の木阿弥よ」

和田はいったん言葉を切った。当時に遡っているかのような、激しく燃える目つきになっていた。

さっき真志歩の脳に触ったなにかが、徐々に形をとりはじめた。野平の怪我の頻発と小塚との関係修復。それが、この半年の和田の怪我の多さにからんでいるのではないだろうか？　とはいえ、そのことを自分から言い出すわけにはいかない。

「それで、和田さんは、小塚さんを諦めたんですか」

真志歩は話の先を促した。和田は過去から現実に戻ってきた。

「え、とんでもない。恋は叶《かな》わなければ叶わないほど激しくなるものよ。そうじゃない？」

そうだろうか？　裕貴への恋は叶わないから、よけい強くなっているのだろうか。真志歩にはなんとも判断がつかなかった。

「じゃあ、どうしたんですか」

訊いてから、真志歩は思い切って手のうちのカードの一枚を明かした。

「実は私、和田さんの入院先で小塚さんに会ったことがあるんです」

「え」

「ボランティアの女子学生が訪ねたことがあったでしょう。あれ、私だったんです」

和田は、しばらく真志歩を凝視していた。睨みつける目つきではなかった。ひたすらの驚愕があった。

「あれ、あなただったの？　そういえば、どこかで聞いたような声だと思っていた」

それから、真志歩が予想もしなかった質問をしてきた。

「小塚があなたを差し向けたの？」

「いえ、ちがいます。偶然です。大学の単位取得のために、入院患者さんのボランティアが必要だったので行ったら、たまたま小塚さんと出会ったんです」

ああ、また平気で嘘が口から出ている。私って、嘘つきなんだろうか。

「和田さんは、小塚さんを信ちゃんと呼んでいましたよね。だから、てっきりお二人は恋人同士だと思っていました。それなのに、小塚さんに不利な証言をしたのはどうしてなんだろう、と」

和田は二本目の煙草に火をつけた。しばらくくゆらせていたが、やがて言った。

「まあ、話してあげるつもりでここに入ったんだから、全部しゃべっちゃうね」

和田は煙草を灰皿に置き、話しはじめた。

その後も、野平さんはしばしば怪我をした。料理をしていて火傷をしたと、指に包帯を巻いてきた時、私ははたと気がついたの。野平さんが怪我をするたびに、小塚の態度がやさしくなる、と。

ならば、私も怪我をしてみようか、と思い立った。

多少大きな怪我でなければ、小塚の気を引けないだろう。でも、大きな怪我をするのは、勇気がいるし、治療費もかかるだろう。これは余談だけれど、治療費を補塡するために、あらかじめ傷害保険に入ったわ。

最初は野平さんに倣って、足首をくじくことにした。アパートの階段をちょっと踏みはずしたの。そうしたら、足首の捻挫じゃなくて、手首を捻挫しちゃってね。小塚に心配してもらいはしたけれど、けっこう不自由した。だけど、服を着替えるのが大変だとこぼすと、小塚が制服の着脱を手伝ってくれて……まあ、その後はご想像にまかせるわ。でも、敵もさるもので、私の手首の捻挫のあと、すぐに小指を骨折したのよ。鎖骨にもひびが入ったということだったわ。意図的な怪我だった気がするけれど、なにをどうやったのかは知らない。

やっぱり、捻挫よりも骨折よね。小塚は野平さんのほうに行っちゃったわ。

私も骨折を目指した。でも、二度目も捻挫で、ただし今回は足首だった。すると、どういうわけか、小塚はひびと骨折の野平さんよりも、私のほうのケアを優先させたわ。

野平さんの次の怪我は、私と同じ足首の捻挫。私のは治りかけていたんで、小塚は野平さんへ戻ってしまった。

このころ、私はひょんなことから、アクセサリーのデザインを担当している小塚の妹が車椅子に乗っていることを知ったの。小塚がとくに足の怪我に心を砕くのは、車椅子の妹のせいかもしれない。そう考えた。

ならば、怪我をするのは絶対に足。いい加減、決着をつけたいという思いもあった。そうそう怪我ばかりしたくもないものね。で、いつもより高い位置から階段を飛び降りた。そして、思惑通り足首を骨折したわ。小塚は私のもとに来た。

私、飛び降り自殺をしようとしたんだ、と小塚に言ったわ。二度とあなたを失いたくないから、と。

小塚は「そんなことで死ぬなよ」と私を抱きしめてくれたわ。小塚の心をしっかり手中にした、と私は思った。小塚の顔には困惑が現れていたんだけれどね。

ところが、私のしたことを見て、野平さんは自分の手首を切ったの。ううん、本気で死ぬつもりじゃなかったのよ、私と同様。「あなたを失っては生きていけません。私は、一人寂しくこの世界から去ります」みたいなメールを小塚に送って手首を切ったんだから。もちろん、小塚はすぐに野平さんのアパートに駆けつけたわ。そして、すんでのところで出血多量で本当に死んじゃうところだった野平さんを病院に運んだ。

私、ぞっとしたわ。このまま続けていたら、私たちのどっちかが実際に死んじゃうんじゃないかって、恐ろしくなった。でも、まだ小塚への思いを断ち切ることはできなかった。それで、骨折した足が痛むと言って無理矢理、病院に入院したの。小塚の心を呼び寄せられると信じて。

小塚は、どうしてか分からないけれど、私の仮病を見破った。そして、私に愛想をつかしたわ。「もう真っ平だ」って、病室を出ていった。あなたがボランティアに来たのは、ちょうどその時だったのね。

和田は言葉を切って、コーヒーを飲んだ。

真志歩は、啞然として聞いていた。まさか野平と和田がここまで凄《すさ》まじい愚挙を繰り広げていたとは夢にも思わなかった。

「恐くなかったんですか、意図的に怪我をするの」

「さっきも言ったように、やる前は恐かったわ。でも、やってみると、案外たいしたことはなかった。怪我のあとは、小塚のやさしさというご褒美があったしね。野平さんと競争しているうちに、恐さよりも負けまいという意識が高まっていったの」

ふっと、和田は鼻先で笑った。

「いまから思うと、ほんと馬鹿。よくあんな競争ができたものだわ。あのまま行ったら、どちらかが死んで……」

和田は言葉を中途にした。見開いた目に、涙が盛りあがってきて、頬を滑り落ちた。

「死んじゃったのよね」

両手で顔をおおった。

真志歩は目眩に似た気分を味わっていた。

野平照留美は、本当に小塚ともみ合った末に階段を転げ落ちたのだろうか。自分から転げ落ちたということはないのだろうか。小塚に負い目を背負わせ、一生、自分のもとに縛りつける目的で。ところが、転落の仕方が悪く、しかも小塚の救助を受けなかったために、怪我ではすまずに命を失ってしまった……。

「小塚さんはどうして今回、階段から落ちた野平さんを病院へ運ぼうと思わなかったんでしょう」

和田は両手から顔をあげた。アイメイクが流れて、目のまわりが黒く染まっていた。

「野平さんのことも真っ平だったんじゃない」

バッグからティッシュを出しながら、和田は言った。

「そうだとしても、目の前で怪我をして倒れているんですよ」

「それほどの重傷を負ったとは思っていなかったのかもしれない。なにしろ、野平さんは私以上に怪我の常習犯だったから、致命的な怪我をしないように階段を転げ落ちたと考えたのかもしれない」

ティッシュで鼻と目のまわりをぬぐってから、和田は肩をすくめた。

「なにをどう考えようと、小塚の責任は免れないわ。救急車を呼ばなかったんだから」

「まあ、そうですね」

「それにね」と、和田はテーブルの一角を睨みつけた。まるでそこに小塚の肖像があるとでも言うように。

「小塚は、私のことも野平さんのことも一度も愛したことなんかなかったのよ。小塚の心の中に住んでいるのはね、たった一人。誰だと思う？」

「さあ」

「理佳子さんを介助しているのに、分からない？」

「ええ」

知り合ったばかりの小塚の恋愛関係など分かるはずがない。

「理佳子さんよ」

真志歩は目をしばたたいた。

「そりゃあ、たった一人の妹さんだから、大事には思っているでしょうけれど、だからといって恋愛関係だとは……」

小塚家のあの奇抜なホールには、リンゴは描かれていなかった。とはいえ、今朝目覚める間際に見た夢の中で、小塚と理佳子はキスをしようとしていた。途中で、その顔が自分と裕貴に差し替わったのだけれど。あんな夢を見たのは、二人の間に恋愛めいたものを感じていたからではないだろうか。

「私が小塚を心から諦めたのは、小塚が真っ平だと言って病室を去った時じゃないのよ」

和田は、自嘲を唇に浮かべて言った。

「そのあとも、しつこく関係を修復しようとしたわ。それこそ、治っている足を痛々しく引きずるふりまでしてね。小塚は言ったのよ。どんなに足が悪くても、きみは理佳子の代わりにはなれないって」

自嘲を浮かべた唇が、への字に歪んだ。和田の目からふたたび涙がこぼれ落ちた。しかし、それはたった一滴で、和田はその涙を手の甲で拭い去った。

「で、私の恋は終わったの」

「小塚さんは、その同じ台詞を野平さんにも言ったんでしょうかね」

「さあ、どうかしら。野平さんは、理佳子さんが車椅子だということを知らないはずだから、言われたとしても意味不明だったんじゃない」

煙草が灰皿で燃え尽きていた。和田は三本目の煙草を箱から出したが、火をつけず、そのまま指にはさんでいた。うつむいた顔が寂しげだった。

真志歩は、しばらくその顔を眺めていた。この人はどんな過去を背負っているのだろう。

「あの、リストカットの経験って、あるんですか」

「え？　そういう人間だから、自分で怪我をすることができたのかって？　そんなことはしたことないわよ。野平さんはあったみたいだけれど」

「そうなんですか。どうしてか、知っていますか」

「まあ、子供時代、親とうまく行っていなかったみたい。親に愛されたことがないって、言っていた」

和田は目の下をこすった。

「もう嫌。野平さんのことでこれ以上、涙を流したくないわ。アパートに花束を供えて、それでもう、あの日に起こったことは忘れようと思っていたのに」

「すみません」

でも、忘れられては困る。

「忘れる前に、いまのお話を警察にしてくれませんか」

和田は、煙草の煙がしみたような目をした。

「もう話したわよ」

「話したのは、小塚さんと野平さんが階段のそばでもみ合っていて、野平さんが落下した、というところまででしょう。そうじゃなくて、小塚さんをめぐって野平さんと怪我をする競争をしていたところからはじめてほしいんです」

和田は、しばらく真志歩を探るように見つめていた。それから、断固として言った。

「できないわ」

「なぜ。野平さんが自傷の常習犯だと知ったら、警察の事件にたいする見方が変わるかもしれません。そして、小塚さんの嫌疑が晴れるか、そうでなくても軽い罪状になるかもしれません」

「駄目。小塚の罪が軽くなっても、私にとばっちりが来る」

「和田さんは小塚さんが野平さんを放置して立ち去るところは見ていないんですから、なんの罪にも問われませんよ」

「そっちじゃない。怪我をするたびに、私は保険の申請をしているの。自傷だと知れたら、どうなると思うのよ」

真志歩は絶句した。

和田の態度にいくらかなりともあった真志歩にたいする親近感は、最早ひとかけらもない。目にも唇にも怒りをたたえて、和田は言い切った。

「私がなにをしゃべろうと、小塚が怪我をした野平さんを見捨てたのは事実。女の心を弄《もてあそ》んだ罪を含めて償わせなくちゃ」

そちらから女心を弄ばせたように聞こえましたけれど、とは言えない。小塚と野平のやりとり、小塚と和田のやりとりを実際に見聞きしていないのだから。

和田はバッグをとりあげ、財布から五百円玉を出してテーブルに置くと、立ち上がった。

「あなたの電話番号は着信拒否にするから」

そう言って、ヒールの足音も高く去っていった。

16

時間はすぎていく。

真志歩のうえには、否応なく生活がつづいていく。六月が終わり、七月に入った。ものごとは好転しない。

仕事には慣れつつあるけれど、小笠原は相変わらず真志歩に厳しい。問診票やレターの書き方には必ずクレームをつけるし、時おり、整形外科の略語を手裏剣のように飛ばしてくる。

「CTS!」返答が遅いと、馬鹿にしたような目で睨む。「手根管症候群です」

「ROM」「関節可動域です」速攻で正答すると、不満そうな顔をする（ように見える）。

こういう時、真志歩は少しだけ溜飲《りゆういん》が下がって、この職場に契約終了まででいてもいいかという気になる。生活費をもらう場所と割り切れば、のことだけれど。

小塚の釈放はない。瀬戸に捜査状況を尋ねると「検察に送致して、僕の手から離れた」と憮然《ぶぜん》とした声で言われた。和田から引き出した情報は、真志歩の中で宙ぶらりんになっている。

真志歩は、毎日のように理佳子に電話している。理佳子の身辺に変化はないようだ。なにか手伝うことはないかと訊くたびに、「大丈夫。これまでも兄なしで何日かすごしたことがあるけれど、とくに不自由することはなかったわ」という言葉が返ってきた。和田と野平の壮絶な恋の鞘当《さやあ》ては、理佳子にも話していない。話せるわけがない。

小塚逮捕から十日経った夜、理佳子に電話すると、声が弾んでいた（それで、これまでの理佳子がやはり打ち沈んでいたのだと分かったのだが）。

「いい弁護士がついてくれたの」

と、理佳子は言った。いい弁護士というのは、裁判になった時にはじめて役立つものではないだろうか。無罪を主張していると、勾留期限の二十三日がすぎても釈放されないというのが、日本の司法制度だ。それは、世界に名だたる会社幹部が逮捕された時に知れ渡った事実だ。もっとも、小塚は犯行を否定も肯定もしていないようだけれど。この場合は、いい弁護士はなにかの役に立ってくれるのだろうか？

さらに時間はすぎた。

七月二度目の土曜日になった。空梅雨と思えた梅雨が長引き、気温の低い日が続いていた。しかしこの日は、曇り空ながら朝から暑かった。

真志歩は、正午をすぎてもまだベッドの中でウイークデイの疲れをとっていた。すると、スマホが「乙女の祈り」を奏でた。真志歩は相手をチェックもせず、画面をタップした。

「もしもし」

流れてきたのは、理佳子の声だった。

「あ、どうしました？」

ウフッと、理佳子は笑った。

「とても素晴らしいことがあるの」

「なんですか」

「夜、日がすっかり沈んでから、うちに来てくれない？　一緒にお祝いがしたいから」

「お祝い？」

理佳子がいま祝うことと言えば、小塚の釈放しかないのではないか？　しかし、まさかそんなことがあるのだろうか？

「お兄さんが……」

「ええ、そうなの。ゆうべ遅く帰ってきたの」

「わあっ」と、思わず雄叫《おたけ》びのような声が真志歩の口から漏れた。ついで出てきたのは、息も絶え絶えといった声で、「どうして」

それから、いくぶん落ち着いて言い直した。

「おめでとうございます。でも、どうして」

「弁護士さんが動いてくれたの」

「いいという弁護士さんが？」

「そう。兄に接見して、野平さんが階段から落ちたのは知っているけれど、そんな重傷じゃなかったはずだ。だから、救助せずに立ち去ったんだという言葉を引き出したの。それで、野平さんのアパートの周辺を丹念に聞いてまわったのよ。そうしたら、思いがけない証言が出てきたの」

「どんな？」

真志歩は少し用心した。まさか、和田が倒れている野平の息の根をとめた、なんていう話じゃないよね？

「兄が立ち去ったあと、野平さんが階段をのぼっていくのを見たという人がいたの。ちょっと腰を押さえていたけれど、べつに問題なくのぼっていたということだった」

真志歩は、すぐには手放しで喜べなかった。証言には、野平と小塚がもみ合うシーンも、野平が階段を転落するシーンも含まれていないのだ。立ち去ったはずの小塚が戻ってきて野平と諍《いさか》いになり、その時に野平が階段から落ちた可能性はないのだろうか。

「それは、あの、野平さんがお兄さんともみ合いになって、階段から転落したあとのことですか」

「もちろん、そうよ。ああ、話をはしょりすぎてしまったわね」

理佳子は順序だてて話した。

証言をしたのは、町内に住む老人だった。老人はあの日、いなくなった飼い猫を捜して町内のあちらこちらを歩きまわっていたという。そして、ちょうど小塚が野平のマンションから立ち去るところに行き合わせた。見ると、マンションの階段下に野平がうずくまっていた。老人が「大丈夫？」と話しかけると、野平はふくれっ面で起き上がり、小さくうなずいてから二階に上がっていった。老人は階段下から飼い猫の特徴を細々《こまごま》と述べて、「見かけなかったか」と尋ねた。「知らない」という冷たい一言を残し、野平は部屋の中に消えた。これが、三時数分前のこと。老人はそのあとも十五分ほど周辺を行ったり来たりしていたが、ふたたび小塚の姿を見ることはなかったという。

「野平さんが人事不省で発見されたのが四時少し前。発見されるまで四、五十分あったと推定されるということだけれど、兄は三時には『リンゴの気持ち』でお得意さんの相手をしていたということだから、野平さんを階段から転落させることはできなかったわ」

真志歩は、戸惑いながら聞いていた。

「じゃあ、誰が野平さんを」

電話のむこうで、ふっと声が押し殺された。

真志歩は、スマホをとり落としそうになった。笑い声が追いかけてきた。

「私がやったの」

「え」

「私」

「冗談よ」と、理佳子は言った。「私の愛読している本格ミステリ小説なら、そういう展開もあるかもしれない。実は私が歩けないというのは嘘で、野平さんを殺すためにひそかに外出した。ただし、日光アレルギーは本当のことなので、外出の痕跡を顔に残してしまった。そういうストーリーね。でも、これは本格ミステリ小説じゃないし、私の足が使いものにならないのは嘘じゃないわ。だから、私は犯人じゃない」

「脅かさないでください」

「いやーね。本気にしたということは、いくらか私を怪しんでいたんじゃないでしょうね」

「いいえ、決してそんなことはありません。ごめんなさい」

「そんなに真面目に謝らないで。私、ふざけているだけだから」

理佳子は心底楽しいのだ。ふざけまわりたい気分なのだ。真志歩は理佳子の心境を理解した。

「誰が犯人だろうと、小塚さんの嫌疑が晴れて本当によかったですね」

「ええ。ありがとう」

理佳子は呼吸ふたつ分くらいの間、沈黙した。それから、言った。声が、よくかきまぜたスポンジの生地のようにしっとりと落ち着いていた。

「お祝いはバーベキューパーティよ。ボランティアの人とか、いろんな人を呼んだわ。活躍してくれた弁護士さんも来る予定だから、事件のこと、もっと知りたければ弁護士さんから聞いて」

「ああ、とっても楽しみです」

「じゃ、夜に」

電話を切ったあと、真志歩も胸に大きな喜びが湧き起こった。いろいろと疑問はあるけれど、小塚が釈放されたのはなによりだった。理佳子があんなに喜んでいるのが、とにかく嬉しい。理佳子にこれ以上の不幸がのしかかってほしくなかったから。

重なる時は重なるもので、スマホがまた鳴った。

美咲からだった。美咲の声もまた、弾んでいた。

「これから来ない？」

美咲はいきなり言った。

「え、なんですか」

「お祝いよ」

「今度はなんの」

「今度？」

「いえ、こちらの話」

美咲はそれ以上、追及しなかった。

「白河の悪行がとうとう週刊誌で暴露されるの。『週刊トピックス』、来週の月曜日発売よ」

「ヤッター」

「うん、ヤッターなの。これからみんなで祝杯をあげるんだ。佐藤さんもおいでよ」

「行く行く」

なんて素晴らしい日だろう。懸案がふたつ一遍に好転するなんて、そうそうあるものではない。

真志歩が柚木家へ行くと、すでに鵡川や田中が来ていた。元店舗のほうだ。麗香の姿もあった。

「えー、陽の高いうちからアルコールなんか飲む」

などと言いながら、四人はグラスにビールを注ぎあっているところだった。

真志歩が入っていくと、早速グラスを持たされ、なみなみとビールを注がれた。

「乾杯」

「なにに」

「えーと、ろくでもない男を一人粉砕したことに」

乾杯、と口々に言い合って、四人はグラスを飲み干した。

真志歩は、美咲と隣り合った席になったので、耳もとでこっそり訊いた。

「麗香さんに話したのね？」

すると、美咲は口を尖らせ、

「あなた、しゃべっちゃったでしょう」

真志歩を睨んだ。あ、怒っているのか、と真志歩はたじろいだ。

「ごめんなさい」

美咲はすぐに笑顔になった。

「よかったんだけれどね、自分では話しにくかったから」

「話しにくいって、どうして」

「きょうだい同士でセクシャルな話をするのって、照れ臭いじゃない」

「そういうものなの？」

「そういうものなのよ」

きょうだいがいない真志歩には分からない感覚だ。もっとも、美咲は変わったところがあるから、一般的な感覚とは言えないかもしれない。

「ところで」と、真志歩は声を通常の高さに戻して、「どんな記事になりそうなんですか」

「ちょっとライターのゲラを見せてもらったんだけれど」と、鵜川が横から言った。

「有名栄養学園の校長、生徒にセクハラ三昧、といった見出しだった」

「セクハラ三昧！」

「田中さんには、ずいぶん辛いこともライターに打ち明けてもらったわ」

美咲が痛みを撫でるような眼差しを田中にむけた。麗香ももの思わしげな表情になって、うなずいた。

「警察にセクハラ被害を届けるのも、二次被害を被る場合があるっていうものね」

田中は、おおらかな表情を崩さなかった。先日会った時よりもずっと明るい雰囲気になっている。

「でも、白河に目に物見せてあげられると思うと、胸の奥に閉じ込めた記憶もするすると表に出てきたわ。そばで鵜川さんや柚木さんがかばってもくれたしね」

「そうそう、あいつ、微に入り細に入り話を聞きたがったからね。具体的なことは必要でしょうけれど、直截的《ちょくせつてき》な言葉で表現させようというのは、ちょっとちがうと思う。あいつもやっぱり男よね」

「男って、この世にいらないと思うわ」

美咲がよく晴れた空のようにスカッと言い放った。麗香が笑った。

「あら、また、美咲は極端なことを」

「前々から思っていたことよ。人間に男女の区別はいるのだろうか、って。核を卵子に挿入して個体を発生させる技術はとっくの昔に確立されているんだし、遺伝子のシャッフルも人工的にできるようになりつつあるんだし、もう男女に別れている必要はないと思うの。野蛮ですぐに戦いをはじめたがる男なんて、じきに無用の長物になるわ」

「いくら無用の長物でも、男性をどうやって絶滅させるのよ」

「そんなの簡単だよ。遺伝子改変でもいいし、受精卵を一個ずつ調べて性染色体がXYだったら受胎させない」

「そんなの、ファシズムじゃない。大反対されるよ、男を大好きな女だっているんだし」

「麗香は、男が好きだからね」

麗香はにやりと笑って、つまみのピーナッツを口に放りこんだ。

美咲は四人の顔を順繰りに見た。

「知っている？」

「なにを」

「昆虫の世界には、宿主の性を操る細菌がいるんだよ」

ほかの四人は色めきたった。

「なに、それ」

「ボルバキアという細菌が、たとえばオカダンゴムシに感染すると、雄性化ホルモンの分泌が抑制されて、雄になる予定の個体が雌化するんだってよ。その雌が雄と普通に交尾すると、生まれる子たちは全員雌になるんだって」

真志歩は半ば呆れながら訊いた。

「それって、ボルバキアのメリットはなんなの」

「ボルバキアは雌に垂直感染するの。つまり、雌が増えるとボルバキアの子孫が増えるって寸法よ」

それなら、ボルバキアの行動は理に適《かな》っているか。

「オカダンゴムシだけじゃなくて、キチョウやテントウムシや、いろんな昆虫を、ボルバキアは雌にしちゃうんだってよ」

「なんちゅうか、すごい細菌ね」

田中が感に堪えないようにつぶやくと、美咲はぶちあげた。

「このボルバキアを人に感染するようにゲノム編集してひそかに世界にばら撒《ま》けば、いずれ男性が絶滅するわ。ファッショだのなんだのと批判されることもなく」

真志歩は怪しんだ。

「美咲さん、まさか受験勉強を再開して、大学の生物学科に入る気を起こしたんじゃないでしょうね」

美咲はフフッと、その容姿に似合った気品あふれる笑いをこぼした。明確な返答はしない。

「ちょっと、やめてよね」麗香が美咲の腕を肘で突いた。「男が全滅したら、この世は闇だわ」

「あら、そうかしら」

と言ったのは、鵜川だ。

「男がいなくても、けっこうこの世は楽しいと思うな。むしろ、苦しいことが減るんじゃないかしら」

美咲は嬉しそうにうなずいた。

「そう思うでしょう。恋なんて所詮、生殖期に放出される性ホルモンのなせる業よ。ホルモンの効果が消えたら、なんでこんな男を好きになったのかと首をかしげるのがオチ」

「美咲さんの言う通りね」

鵜川はしみじみと言った。

「私も結婚して半年目には、なんでこんな人に熱をあげて結婚してしまったのかと思ったわよ。でも、一度結婚しちゃうと、なかなか離婚に踏み切れない。死ぬかと思うほど殴られようと蹴られようとね。逃げ出すのに二年もかかったわ。あの二年間は余計な苦しみだった」

キャリアウーマン然とした空気をまとっているけれど、鵡川はやはり悲惨な過去をもっていたのだ。

「でも」と、田中が夢見る乙女のように、「恋はしたいな、まっとうな男とめぐりあって」

美咲は鼻の頭に皺をよせた。

「まっとうな男なんか、この世にいるもんですか」

「恋をするだけなら、まっとうでなくてもちっともかまわないでしょう。嫌になったら、さっさとお別れすればいいんだから」

と、麗香が言い、

「ま、そうかも」

鵡川が賛同した。男で苦労しても、恋愛はべつものなんだ、と真志歩が感じ入っていると、甘い甘い、と美咲が両手をふりまわす。

「もし、そのまっとうじゃない男が、振ったとたんにストーカーに変身したらどうするのよ。大変な目に遭うかもしれないよ」

「そんな先のことを心配していたら、人生楽しめないわよ」

麗香が一蹴する。

美咲は真志歩をふりむいた。

「佐藤さん、さっきから黙っているけれど、意見はないの」

「私？」

すぐさま裕貴の顔が脳裏に浮かんで、真志歩は頰を染めた。

「あー、この顔、好きな人がいる顔だよ」

麗香が茶化した。

「それは、上に『け』のつく職業の人かな」

裕貴は研究者、上に「け」のつく職業の人だ。

「なんで知っているんですか、麗香さん」

「あー、そうなんだ」

鵜川が訳知り顔になった。

「いいわね。応援するわよ」

応援？　鵜川に応援などできるのだろうか。鵜川の前で、裕貴のことなど一度も口にしたことはなかったはずだ。いったい、麗香や美咲は私の噂話をどれほどしているのだろうかと、真志歩はちょっと当惑した。

美咲が、自分のグラスにビールを注いでグイグイ飲み干していく。

「まったく、これだから男をいい気にさせるんだよ」

唐突にガラス扉が開いた。近所の「美容室・中島」の女主人・中島季美子《きみこ》が顔を覗かせ、

「あいてたんだ」

言うなり、五人のほうに突進してきた。

「お店やっているわけじゃない……」

という美咲の声を無視してスツールに座り、カウンターの天板を拳で叩いた。

「悔しい、悔しいよ」

五人とも気圧《けお》された。美咲が、全身の毛を逆立てた猫に近づくような態度で訊く。

「どうしたんです」

「うちの人が浮気していたの」

「ご主人が？　本当に？」

美容室・中島の主人は、ごく真面目でおとなしいタイプだ。体格も気っ風《きっぷ》もいい季美子の尻に敷かれっぱなしのように見えていた。

「本当よ。去年雇った女の子、二、三カ月で辞めちゃって、近頃の子は困ったもんだと

思っていたら、うちの人と連絡をとりあっていたの。スマホを見ちゃった。愛している、なんて、こそばゆい文句を送っているんだよ、うちの人ったら」

「ほら、やっぱり男なんて、どうしようもない」

美咲が口の中でつぶやいた。

「別れてやる。絶対別れてやる」

「まあまあ、落ち着いて、ビールでも飲んで」

麗香が新しいグラスにビールを注いで、季美子に持たせた。季美子は一気飲みした。

「一時の浮気なんじゃないですか。裕太《ゆうた》君も幸太《こうた》君もまだ小さいんだし、早まった結論は出さないほうがいいですよ」

「早まってなんかいない。うちの店は私でもっているようなものだし、あんな男、のしつけてくれてやるわ」

「ご主人を追い出すの?」

美容室・中島は、もともと季美子の夫の母親が開いたものだと聞いている。

「追い出すわよ。浮気したのはあいつなんだから、追い出せるに決まっている」

美咲が手を叩いた。

「それなら、いいわ。ね、裕太も幸太も、決して浮気やセクハラをしない男に育てようね」

「ああ、あの二人も困ったものよ。どっちも女の子にいじめられて、浮気もセクハラもするほうじゃなくてされるほうになりそう」

「それ、素敵じゃない」

「ちっとも素敵なもんですか。二人には苦労してほしくない」

「あら、そう」

美咲が毒気を抜かれた顔をすると、麗香がうんうんと首をふり動かす。

「女と男は対等な関係にならなけりゃ。どっちが損な役割を負うとか負わないとかじゃなく、ね」

「麗香ってば、いい子ぶりっ子」

「私は本音で言っているの」

真志歩は頭がくらくらしてきた。

「私、そろそろ行こうかな」

真志歩はスツールを滑りおりた。

「え、はじまったばかりじゃない。マッシー、ちっともビール飲んでいない」

「今夜はもう一件、お祝いがあるんです」

「そうなの」

鵜川の興味深そうな目がむけられた。

鵜川は小塚が釈放されたことを知っているだろうか。知っているかもしれない、瀬戸とツーカーのようだから。

考えてみれば、和田の保険金詐欺を知っている身としては、鵜川の顔を正面から見られない立場だ。それが、金銭的営利のための詐欺でなかったとしても。

「いや、まあ、とにかく、そこにはもうちょっとマシな格好をしていかなければ」

いまの真志歩は、着古したTシャツと膝の抜けたジーンズ姿だ。

「マッシーがマシな格好をする」

麗香がケヘケヘと笑った。

「麗香さん、もう酔っ払っています？」

そんなわけはない。この姉妹はアルコールにかんしてウワバミだ。

「じゃ、また」

「また。お上品なパーティが終わったら、戻っておいで。こっちは夜じゅうやっているから」

背中に美咲の声がかかった。

17

アパートでシャワーを浴びてから、ポンチョのような形のブラウスと、一見スカートに見えるワイドパンツに着替えた。ブラウスは赤、白、紺の細い縦縞模様で、パンツは濃紺色だ。

夕方になって、だいぶ涼しくなった。しかし、小塚家まで何キロも自転車を漕いだら、汗みどろになるかもしれない。バスで行くことにした。

小塚家に着いたのは、七時になろうというころだった。しかし、まだ空は暮れなずんでいた。日が長くなったのだと、あらためて知った。

ともあれ、陽があるうちはパーティははじまらないだろう。なにか手伝えることがあるかもしれないと、小塚家のドアフォンを押した。

応対に出てきたのは、小塚だった。

「ああ」と声を漏らして、真志歩はしばらく言葉を失っていた。

小塚は、ずいぶんと印象が変わっていた。頬が剃刀《かみそり》で削《そ》いだようにこけ、髪形がオールバックになり、目つきにはなにか覚悟のようなものが生じていた。男雛から侍になったという感じだ。しかし、むしろそのせいで美貌が増していた。

服装は、半袖のワイシャツ、ノーネクタイ、黒いズボンで、想像していたよりラフなものだった。

「おめでとうございます」

真志歩は頭をさげた。

「ありがとう。妹がお世話になりました」

小塚も頭をさげた。

「お世話だなんて、私、なにもしていません。理佳子さん、とても強い方でしたから」

「いやいや、理佳子は、やはりボランティアの経験のある人は、若くてもちがうと言っていました」

真志歩は頬が熱くなった。嘘を見破ったうえでの皮肉でないとしたら、買いかぶりというものだ。

台所のほうから物音や話し声がしていた。

「あの、なにかお手伝いすることはありませんか」

「ええと、入浴介助のボランティアの人がすでに三人来ていて、理佳子を手伝ってくれているんですよ。三人も入ると台所は車椅子を動かせる余地がなくなるから。僕も追い出されたところです」

小塚は切り株の椅子に腰をおろしながら、むかいの切り株を掌でさした。

「どうぞ、座って。少しおしゃべりでもしましょう」

「はい」

と腰をおろしたものの、小塚と面とむかっているのは、気づまりだった。和田から聞いたあれやこれやが頭に押しよせてきて、収拾がつかなくなりそうだ。

「取り調べは厳しかったんですか」

差し障りのない質問をした。もっとも小塚にとっては差し障りのないものではなかったらしく、大きく顔をしかめた。

「佐藤さんはミステリ小説を書きたいですか」

「え？　いえ、そんなつもりは全然ありません」

「じゃあ、私の体験を知る必要はないでしょう」

「はあ」

「とにかく、私は無実が証明されて釈放されました。腕の立つ弁護士のおかげと」

一瞬、小塚はまぶたを閉じた。

「野平さんのおかげで」

真志歩は聞きまちがいかと思った。

「野平さんのおかげ、なんですか？」

「そうです。彼女は遺書を残してくれていたんです」

「遺書があったんですか」

遺書があったのなら、どうして殺人などという判断になったのだ。吾川署の刑事たちはよほどの間抜けなのか。つまり、瀬戸や杉浦が。

「遺書は彼女の部屋に残っていたわけじゃないんです。いや、最終的には彼女の部屋にあったんだけれど」

「意味、分かりません」

小塚は、淡い笑みをこぼした。それは、どちらかというと自嘲に見えた。

「つまり、野平さんは遺書を書いて、それを自分宛てに郵送したんです。しかも、郵便番号なし、吾川マンションの所番地も抜かして。そのために、翌日には配達されるはずの郵便が、次の週の火曜日になってしまった。つまり、刑事が野平さんの部屋を捜索した時点では、遺書はまだ彼女の郵便受けには入っていなかったんです。警察は捜索日以外の日にも郵便受けを確認するべきだったと思うけれど、そうはしなかった。発見したのは、私の弁護士でした」

「なんでそんなことをしたんでしょう。不完全な住所を書いたのは、よほど気が動転していたからでしょうか」

「いえ、野平さんはそういう愚かさはもちあわせていません。遺書が遅配されることを望んだのでしょう」

「なんのために?」

「さあ。自殺が失敗した時、遺書を見られるのが嫌だったのか。それとも」

小塚は小さく首をかたむけた。

「それとも、私が野平さんを殺したのだと警察に疑われることを望んだのかもしれません。実際、弁護士が郵便受けに遺書を見つけて警察に持ち込んだ時も、すぐには野平さんが書いたものとは認められなかったということです。筆跡鑑定と封筒や便せんについていた指紋を調べて、はじめて野平さん自身による遺書だと結論づけられたのです」

小塚はうつむいた。釈放を手放しで喜んでいるわけではない気配が伝わってきた。

真志歩は、決心して切り出した。

「あの、私には、警察の知り合いがいて」

小塚は驚いたように顔をあげた。

「話を漏れ聞いたんですが、小塚さんは犯行を肯定もしなければ否定もしなかったとか？　それは、なにか野平さんにたいして疚《やま》しい思いがあったからですか。そういう思いがあってほしいと、私は思っています」

小塚は真志歩の目を見つめた。真志歩は小塚を見つめかえした。一歩も譲らない気迫といったものがあったわけではない。ただ、野平と和田が自傷の競争をしていたことにたいして、小塚がなんらかの責任を感じてほしいと願っていただけだ。

先に目をそらしたのは、小塚だった。小塚はふっと、息を抜いた。

「驚いたお嬢さんだな。知恵の実をほしがっているだけの平凡な子だと思っていたのに」

小塚は、掌で自分の太ももをぱたぱたと叩いた。それから、独り言同然の低い声で言った。

「野平さんの死を知った時、自傷行為によるものだろうと、半ば予想していた。警察にそう言おうと思えば言えた。でも、言えなかった。証拠がなかったからじゃない」

小塚は大きくうなずいた。

「そう、証拠がなかったからじゃない。確かに僕は疚しさを感じている。野平さんが亡くなったのは、半分以上僕の責任だ。僕さえ曖昧な態度をとらなければ、野平さんも和田さんも傷つけることはなかった」

真志歩は静かに言葉を滑りこませた。

「体だけではなく、心も」

小塚は目をあげて、真志歩を見た。

「そうですね。心もですね」

よかった、と真志歩は思った。小塚は、自分の行為を正当化したり、黙殺したりしていない。ちゃんと後悔している。後悔すれば、それで野平が戻ってくるわけではない。和田の心が癒えるという保証もない。それでも、なんの痛みも感じないよりはずっとましだ。理佳子も、自分の兄を軽蔑せずにすむだろう。

ドアフォンが軽快な音を立てた。小塚は立ち上がり、玄関ドアをあけた。

スーツ姿の人物が入ってきた。小柄だ。百六十センチもないだろう。頭を五分刈りにしている。目鼻立ちがくっきりとして生き生きした美しさがあった。どういう職業か、一見したところ分からなかった。

「よく来てくれました」

「お招きありがとう」

小塚は、がっしりとその人物と手を握りあった。

真志歩は立ち上がった。

「こちらは、理佳子のボランティアの佐藤真志歩さん」

と、小塚は紹介した。

「そして、こちらは、私の恩人の安井有《やすいゆう》さん。とても頼りになる弁護士さんだから、なにかあったら、お願いするといいですよ」

「よろしく」

と言いながら、安井は真志歩に名刺をさしだした。

この人が依頼人のために精力的に動いた弁護士なのかと、真志歩は名刺を受けとった。安井の手は、とても華奢で、温かくやわらかそうだった。

「よろしくお願いします」

と、真志歩は安井の手を握った。思った通り、温かくやわらかな手だった。

安井はほほえんだ。

「おやおや、もしかして、早速依頼したいことでもあるんですか」

小塚兄妹に嘘をついていることが法律上の問題だとしたら、まあ、そうかもしれない。

真志歩は笑って誤魔化した。

台所のドアがあいた。中年の見知らぬ女性が顔を出した。

「みなさん、そろそろお庭に移動してください」

「分かりました」と、小塚が、先に立って玄関を出ていった。

「こちらです」

建物の東側をとおって、裏に出た。

戸外は、かくだんに暗くなっていた。庭園灯が一本あったけれど、裏庭のすべてを見渡せるほど明るくはなかった。玄関側と同様、高い木が何本も植わっていて、伸びた枝と葉が空を細かく区切っている。

裏庭の中央が芝生になっていて、そこに人々が集まっていた。

真ん中にバーベキューのコンロが据えられ、すでにジュージューという音とともに肉の匂いを放っている。

バーベキューの炎で、とり囲んだ人々の顔がちらちらと見えた。理佳子以外は真志歩の知らない人ばかりだった。美咲たちの集まりと同じ服装をするわけにいかないと、いくらかお洒落をしてきたが、その必要はなかったようだ。弁護士と小塚を除き、Tシャツとジーンズの集まりだった。理佳子も普段着ふうのブラウスに、前回同様大きなポケットのあるエプロンをつけているだけだ。

その知らない人の一人から、真志歩は薄茶色の液体が入った紙コップをわたされた。

「ええと、あなたにはウーロン茶をわたすように理佳子さんから言われたので」

「はあ？」

「お箸と紙皿はあそこのテーブルの上にあるんで、乾杯が終わったら自由にとってね。飲み物のおかわりも」

「はい、ありがとうございます」

「そろったみたいですね」

コンロのそばから小塚の声が聞こえた。

「では、乾杯しましょう」

「みなさん、飲み物、行きわたっていますか」

「乾杯の音頭、安井先生がとってください」

「じゃ、小塚さんの無罪放免に乾杯！」

「ついでに、無能な刑事たちにも乾杯！」

と、これは理佳子の声だ。

「乾杯」「乾杯」と、あちらこちらで紙コップがぶつけられた。

真志歩は、人波から数歩退いた場所にいた。気後れする部分があった。来ている人たちのほとんどはボランティアらしい。それも、理佳子のサポートにとどまらず、ほかでもさまざまなボランティアをしているようだった。一度も本当のボランティアをしたことのない自分がいる場所ではないように思えた。

庭園灯のそばに、薔薇の一叢《ひとむら》があった。真紅とピンクの二種類で、どちらも誇り高く匂い立っていた。この薔薇を見たさに、理佳子は日光を浴びたのだろう。

「あら、どうしてこんなところにいるの」

理佳子が真志歩を見つけて、近づいてきた。

「あ、いいえ、薔薇がきれいだな、と」

「そうでしょう。涼しい日がつづいたから長く保《も》ってくれて」

二人はしばらく薔薇を眺めていた。

理佳子の顔半分から大きなマスクはなくなっていたが、唇のそばにまだポツポツと日光アレルギーの跡が残っていた。しかし、理佳子は美しかった。前回会った時よりも何倍も美しかった。目鼻立ちがどうのこうのというよりも、内面から光がにじみ出ているような美しさだった。

なにかあったのか。

もちろん、兄が無罪放免されたのだ。

真志歩は、まだ面とむかって理佳子にお祝いを言っていないことを思い出した。

「おめでとうございます。お兄さんの嫌疑が晴れて、よかったですね」

「ありがとう」

理佳子が真志歩にむかって両手を伸ばしたので、真志歩は上体をかたむけて理佳子と抱きあった。

「あら、あなた」理佳子は真志歩を軽く睨んだ。「アルコールの匂いがするわ」

「あー、まだ匂います？　別件のお祝いがあって、陽の高いうちから飲んじゃって」

「駄目よ。未成年者がお酒なんか飲んじゃ」

真志歩は一瞬の当惑のあと、愕然とした。十代だと誤解されていたのか。そりゃあ、これまでもしばしば年齢より若く見られていたけれど、就職して少しはおとなっぽくなったと自負していた。ショックだが、実年齢を言ったら、大学生ではないことがばれてしまう。いや、二十二歳で大学生ということもあるか。

「なんで黙っちゃったの」

理佳子は真志歩の顔を覗きこんだ。

「あの、私、未成年者じゃなくて、二十二なんです」

理佳子はぽかりと口をあけた。

「私より三歳しか若くなかったの。とてもそうは見えないわ」

「そうですか。まあ、よく言われますけれど」

この際だから、すべてを打ち明けよう。そう思った矢先、小塚がやってきた。紙コップをふたつ手にしている。

「おかわりはいかが」

理佳子と真志歩に紙コップをわたした。理佳子が言った。

「ああ、佐藤さんにはジュースではなくお酒でいいみたいよ」

「それくらい分かっているよ」

「分かっているの？」

理佳子は、小塚と真志歩の顔を見比べた。その眼差しに不安が浮かんでいる。真志歩はハッとした。

理佳子は、ブラウスの襟もとに覗いていた鎖を引っ張りだした。鎖の先には金色のリンゴがついていた。ただし、まるごとではなく、半分だ。小塚のこだわりを知らなければ、半月とまちがえたかもしれない。

小塚は、目を細めて理佳子のペンダントヘッドを見た。小塚もワイシャツの襟から鎖を引っ張りだした。これにも、金色のリンゴの半分がついていた。

「大丈夫だから」

と、小塚はささやいた。

「ほんとね？」

理佳子はささやき返した。

もう二人は、真志歩の存在を眼中から消しているようだ。

真志歩だけではない。バーベキューに集う人々も、にぎやかなおしゃべりも、肉の焼ける匂いも、庭の木々をわたる風の音も、家も、大地も、空も、森羅万象が二人の前から消え去っているようだ。二人は、二人の世界に入りこんでしまっている。

真志歩は、はっきりと悟った。二人は兄妹の垣根を超えている。それを、真志歩の目から隠そうともしていない。あるいは、むしろ、明らかにしようとしている。おそらく、それは、野平や和田を傷つけた小塚が到達した決意にちがいなかった。

真志歩は、静かに二人のそばを離れた。

血のつながった兄妹が愛しあうのは、世間的には御法度かもしれない。しかし、こんな特殊な環境に置かれた二人が愛をはぐくんだからといって、責められるだろうか。

真志歩は、誰にもいとまを告げず、小塚家を離れた。

無性に裕貴に会いたかった。裕貴とは六月の半ばに会ったきりだ。その後、むこうから電話がかかってくることもない。こちらからばかり電話するのは癪《しゃく》なので、真志歩もかけていない。

バッグからスマホを出して、『彼』の電話番号をタップした。

すぐに声が流れてきた。「ただいま電話に出られません。ご用の方はおかけ直しいただくか、ピーッという音のあとにメッセージをお願いします」という機械的な声が。

ピーッという音が聞こえてきた。真志歩はなにも吹き込まずに、電話を切った。

涙がこぼれないように上をむく、という歌があったじゃないか。真志歩は空を見上げた。

いつの間にか、月が出ていた。真円にいくらか足りない月だった。

月はいずれ地球から遠ざかって見えなくなる。最初に会った日に、理佳子が教えてくれた。

裕貴は、自分にとってすでに地球から遠ざかってしまった月なのじゃないか。そう思いかけ、真志歩は強く首をふった。

そんなことはない。裕貴は自分と近いとは言えないかもしれないけれど、月より遠いなんてことは決してない。月よりはるかに近いのだ。手を伸ばせばつかまえることができるにちがいない、いつの日にか。

真志歩は、満月未満の月に見守られながら歩きつづけた。

18

『吾川なんでもニュース

今日未明、小塚信之介氏（31歳）の自宅（本町1―4）が火事になり、焼け跡から二人の遺体が発見された。二人は折り重なるようにして倒れていたという。小塚氏ならびに妹の理佳子さん（25歳）と連絡がとれなくなっていることから、遺体は二人のものと見られている。火事の原因はバーベキューの火の不始末と見て、警察と消防が調べている。』

19

自転車をひきだして小塚家へむかって漕ぎはじめ、途中で真志歩は足が動かなくなった。鉛の自転車を漕いでいるみたいで、これ以上一センチも前に進めない。いや、鉛になったのは自転車ではなく、真志歩自身の心だった。重たくて、自転車ごと全身を大地の中に引きずりこんでいきそうだった。

止まったところは、ちょうどモンカフェの前だった。あるいは、我知らずモンカフェを目指して漕いでいたのかもしれない。真志歩は自転車をおり、粘着テープのような重力を引きはがすようにして、店内に入った。オーナーのおっとりした雰囲気と、なによりも我が家にいるようなゆったりした空気がたまらなく恋しかった。

しかし、日曜日だからなのか、普段客がいないはずの四時に、客がいた。二卓のテーブルのどちらも、近所の主婦らしい女性たちで占められている。おまけにテーブルが三卓増えていた。二人用のテーブルで、小さくはあったけれど、店内はずいぶんと狭くなってしまっている。

戸口で立ちすくんでいると、カウンターの内側にいたオーナーと、目が合った。ほほえみかけたオーナーの顔に、緊張が走った。オーナーはカウンターから出てきて、真志歩のもとに来た。

「どうしたの」

真志歩は返事ができなかった。言葉がそのまま水滴となって、流れ落ちそうだった。

オーナーは、真志歩の肩を抱いた。

「こちらへ」

カウンターを越え、そのむこうの扉の奥へいざなった。

扉の奥はキッチンだった。キッチンは対面式で、居間らしい室内につながっている。

オーナーの私的空間だ、とは認識したものの、真志歩にはそれ以上の観察はできなかった。

オーナーはソファに真志歩をかけさせ、その横に自分も座った。

「具合が悪いの？」

真志歩は首をふった。ようやく言葉が出てきた。

「知り合いが火事で亡くなって」

そうだ。あの人たちはまだ知り合いでしかない。これから友人になれたかもしれないけれど。自分がどうして二人に近づくことになったのかも、打ち明けていなかった。

「幸せになってほしかったのに。うんと幸せになってほしかったのに」

真志歩の目からとうとう涙があふれてきた。

少し間をおいて、オーナーは真志歩の体をぎゅっと抱きしめた。

真志歩はオーナーの胸に頭をあずけ、嗚咽《おえつ》した。

オーナーは、しばらく真志歩を泣くがままにさせていた。

呼び鈴の音が聞こえた。店の客がオーナーを呼んでいる。

「少し待っていてね」

オーナーは真志歩を残して部屋を出ていった。

数分してオーナーが戻ってきた時も、真志歩の涙はとまっていなかった。壊れた蛇口みたいだ、と思い、なんとかとめようとしたけれど、とめられない。

オーナーが真志歩の隣に座って、ティッシュペーパーをさしだした。

「ごめんなさい」

「謝ることなんかなにもないのよ」

オーナーは、真志歩の頬の涙をティッシュでぬぐいながら言った。

「やさしい涙ね。たくさん流してておあげなさい。きっと亡くなった人たちへも思いが届くわ」

私の思いが届いたからといって、二人が喜ぶとは思えない……。

「知っている？　人が亡くなった時に流す涙は三種類あるのよ」

オーナーは人差し指を立てた。

「ひとつは、条件反射的な涙。死という語彙を耳にすると、べつに亡くなった人を悼んでいるわけでもないのにこぼす涙ね」

次に中指を立てる。

「それから、いまあなたが流している涙。亡くなった人のためを想って流す涙ね。本当に純粋な涙よ」

真志歩は小さく首をかしげた。

「それ以外にもあるんですか」

「あるわ。利己的な涙。自分の生活にとって大事な人が亡くなると突き上げてくる涙」

「それが利己的な涙、なんですか？」

オーナーは、真志歩から室内の一点に視線を移した。オーナーの視線を追って、真志歩もそこを見た。

壁に、全紙よりも大きなサイズの絵がかかっていた。鉛筆画に淡く水彩絵の具を置いている。描かれているのは、六人の人物だ。乳児を膝に乗せた若い女性を、四人の人物がとりかこんでいる。六十代らしい男性二人と、若者とも老人ともつかない禿頭《とくとう》の男性一人、それに金縁の眼鏡をかけた六十歳前後の女性だ。この女性は、眉間に深い皺があって、ちょっと性格がきつそうだ。口もとには笑みがあるのだけれど。

そう。金縁眼鏡の女性だけではなく、みんな笑顔で、いかにも幸せに満ちた絵だった。

「似たような写真があるけれど、この絵が気に入っていて。夫の従妹が描いてくれた、私の家族なの」

オーナーは説明した。

「真ん中にいるのが、私と息子。そして、一番左が私の父」

絵の中で最年長に見える男性だ。ギョロ目で、額も顎も四角張っていて、まろやかなオーナーとはあまり似ていない。

「一番右が夫の父」

頭髪が頭の天辺まで後退した男性だ。顔が丸く、眼鏡の縁も丸く、どちらかというと、彼のほうがオーナーの実の父親に見える。

「私の真後ろに立っているのが、私の夫」

禿頭の男性だ。丸顔に満面の笑みがやさしげな雰囲気をかもしだしている。オーナーの夫というからには、この絵の中ではまだ若いのだろう。禿頭は、禿《は》げているのではなく剃髪《ていはつ》しているということだろうか。

「そして、私の横にいるのが夫の母親。つまり姑ね」

「みなさん、幸せそうですね」

「ええ。子どもが無事に生まれてくれたから、みんな幸せをむさぼっていた。四十年近くも昔のことよ。私を除いて、もうみんないないわ」

「みんな?」

真志歩は思わず訊き返した。絵の中で乳児だった人もいないということなのか。

「夫はね」と、オーナーは淡々と言った。「私と結婚して間もなくガンの宣告を受けたの。抗ガン剤治療であんなふうに髪を失ってしまっているけれど、まだ三十二歳だったわ。幸い、治療がはじまる前に子供を授かって、みんなあの笑顔になったの。夫は五年後にガンが再発して、亡くなってしまったけれど」

お気の毒です、なんていうありきたりの言葉は真志歩の頭の片隅にも浮かばない。オーナーの人生にはまだつづきの悲劇がある。

「息子は順調に育ってくれた。夫の父親は心臓外科医で、心臓専門の病院を経営していて、夫もゆくゆくはその病院を継ぐ予定だったけれど、私の息子が代わりに継ぐ話になっていた。息子は医大を出ると、最新の医療を学びたいと、アメリカへ渡ったわ。そして、強盗事件の被害者になった」

オーナーの瞳は、乾いている。顔にも口調にも、激した感情は微塵もない。小塚兄妹の死で脳に膜がかかったようになっている真志歩は、最後の一言の意味がすぐには理解できなかった。

「強盗犯は、息子の祖父の命まで奪ったわ。悲報を聞いて、舅《しゅうと》は心臓麻痺を起こして、そのまま帰らぬ人になったの。私の両親はその数年前に亡くなっていたし、私は姑と二人残されてしまった。私は泣いたわ。実の両親が亡くなった時も、夫が亡くなった時も、息子が亡くなった時も、そして舅が亡くなった時も。体じゅうの水分がなくなると思えるほど泣いたわ」

オーナーは頬にかかったほつれ毛を撫でつけながら、真志歩を見やった。

「なぜ、私は泣いたのかしら。両親や夫や息子の死に涙したのは、愛する者を失ったから。舅の場合は、愛する者というよりは、生活の基盤を失ったから。そう。舅が亡くなると、病院を閉鎖せざるを得ず、舅にたよりきりだった姑と私は遺族年金しか収入がなくなったの。預貯金はあったものの、派手好きな姑がそれまで通りの生活をしたら数年でなくなるレベルだったわ」

真志歩は話を聞いているのが精一杯で、ガラス玉みたいになった目でオーナーを見返すしかなかった。

「私、昔からお菓子を作るのが好きだったの。病院に差し入れして、看護師さんにも患者さんにもとても喜ばれていた。だから、お金があるうちにケーキ屋さんかコーヒーショップを開きたかったんだけれど、姑に断固として止められたの。仮にも病院長だった者の家族がそんな店を開くなんてとんでもない、と。仕方がなく私は、私たち一家を知る人がいない遠くのケーキ屋さんに勤めてささやかな収入を得るようになった。ケーキ屋さんで働くのは楽しかったわ。でも、一年後には姑が脳溢血《のういっけつ》で半身麻痺になってね。介護のためにその店を辞めざるを得なくなった。正直に言うとね」

オーナーの表情がひきしまった。マシュマロのようなふわりとした柔らかさが消え、鉄の串が一本、体の芯を通ったみたいに。

「私は、姑が憎くてたまらなかった。私のしたいことにはすべて反対し、自分だけ贅沢にお金を使って、その挙げ句、介護のために私を家に縛りつけた。夫や息子が生きていたころだって、私のことはお手伝いさんかなにかのように扱うこともしょっちゅうだったわ。姑は、私と夫の結婚に反対だったのよ。私の家の生業《なりわい》が八百屋ということで。だから、結婚当初から、私は姑が嫌いだった」

オーナーは軽くまぶたを閉じた。まぶたを開いた時、薄い水の膜が眼球をおおっていた。

「八年ほどの闘病の末、姑は昨年の暮れに亡くなったわ。私を縛りつづけた姑から解放されて、私は歓喜した。そのつもりだった。でもね、気がつくと、私は泣いていたわ」

オーナーは目尻を指でぬぐった。

「姑は、婚約者を太平洋戦争で失って、好きでもない人と結婚させられたらしいの。そして、三人生まれた子どもは三人とも早くに亡くなった。三人のうち二人は、十歳に満たない年齢だったというわ。そのうえ孫までも。あとは気に入らない嫁との二人きりの生活。それも、最後の八年間は身動きもままならない状態で、嫁の心のこもらない介護を受けながら。思えば、かわいそうな人生だった。そう思ったら、涙が湧いてきたの。亡くなった人のためだけを思って出てきた、はじめての涙だったわ」

オーナーは、こくんとひとつ、首をたてに動かした。

「火事で亡くなった知人を悼む、あなたの涙と一緒よ。それで、はじめて気がついたの。夫や息子を亡くして悲しいのは、自分の幸せを形づくっているものが失われたからであって、夫や息子の人生を思いやってのことではなかったのだ、と。いわば、自分のために泣いていたのだ、と」

私は自分の幸せばかりを願う浅ましい人間だったのよ、と、オーナーはどこか遠くを見る目になった。

真志歩は口を開きかけ、しかし、そこから出すべき言葉が見つからなくて、閉じた。

オーナーは、小さく息を吐き出した。それから、表情を一変させた。現実を見る生き生きとした目つきになって、

「でも、だからといって私は、自分が幸せになってはいけないとは思わないわ」と、力強く言った。「人として生まれた以上、幸せでいたいと思うのは当たり前でしょう。だから、あなたも、知り合いの死を悲しむだけ悲しんだら、自分の幸せに目をむけるのよ」

オーナーは立ち上がり、キッチンへ行って、冷蔵庫をあけた。お菓子を出し、コーヒーポットからふたつのカップにコーヒーを注ぎ、お盆に載せて、居間に戻ってきた。ソファの前のコーナーテーブルにお菓子とコーヒーカップを並べた。

「今日のお菓子はアップルパイ。会心の出来よ」

真志歩の脳裏に一瞬、理佳子のデザインしたむきかけのリンゴのペンダントヘッドが揺らめいた。

オーナーがコーヒーカップを手にソファに座ろうとしたところで、ふたたび呼び鈴が鳴った。

「あ、ちょっと行ってくるので、食べていてね」

オーナーは店へ出ていった。

真志歩の頭の中では、オーナーの言葉が回転灯のようにぐるぐるとまわっていた。夫や息子を亡くして悲しいのは、自分の幸せを形づくっているものが失われたからであって、夫や息子の人生を思いやってのことではなかったのだ、と。いわば、自分のために泣いていたのだ、と。

でも、本当にそうなのだろうか。生きていれば味わえたかもしれない楽しさや喜び、それから実現したかもしれない将来の夢、そういうものから断ち切られた夫や息子の身を思って流した涙が一滴もなかったというのだろうか。

おばあちゃんが亡くなった時、私はずいぶん泣いたけれど、自分のために泣いたのだろうか。おばあちゃんをかわいそうだと思った記憶はあるのだけれど……。

もしも、裕貴がいま亡くなったら……私は失った恋のためにだけ泣くのだろうか。裕貴が喪失した輝かしい（かもしれない）未来を惜しむためではなく。

考えても、考えつくせないことだった。

真志歩は、絵を見た。

全員が幸せそうにこちらを見返していた。四十年後にたった一人残されたオーナーも含めて。

四十年後の私は、なにをしているのだろう。それとも、もうこの世界にはいないのかしら。

ふっと、真志歩は思った。勘当された母親に連絡をとろう。電話を受けてくれないのなら、葉書を書こう。葉書なら、いやでも文面が目に入るだろうから。

真志歩は、アップルパイに手をつけた。パイ生地にはさまれたリンゴはジューシーさを残して健やかに甘く、さざ波のように心に広がった。

〈参考資料〉
『消えるオス』陰山大輔　化学同人　二〇一五年
『入門！進化生物学』小原嘉明　中央公論新社　二〇一六年
『ＤＡＹＳ　ＪＡＰＡＮ』二〇一八年一一月号

解説

篠田節子

上手だなぁ、才能ある人なんだろうなぁ……。矢口さんの作品と初めて出会ったときに感じた。

平成元年の春。講談社フェーマススクールズ山村正夫小説講座を受講した最初の日のことだ。教室で使うテキスト（生徒の作品を掲載し講師が講評するためのもの）の中に、矢口さんの作品があった。人が殺生をせずに生きていくための究極の方法とは、といった内容のバイオSFだったが、技術先行のハードSFでも子供向けファンタジーでもなく、奇妙な味の中に人の体温を感じるヒューマンドラマだったと記憶している。

それから二年後、矢口さんは『かぐや姫連続殺人事件』（谷口敦子名義）でデビューするが、彼女の本領が発揮されるのはそれからさらに三年後に出版され、鮎川哲也賞の候補にもなった『家族の行方』あたりからではないかと私は思う。

シングルマザーの作家が息子と二人で、知人の失踪した息子の行方を追う、というストーリーだったが、謎解きを推進力にして論理的整合性を重視して話が展開するミステりではない。人の心の襞《ひだ》に分け入り、家族とは何かを問ういかにも小説らしい小説だった。

その後の『人形になる』で平成九年女流新人賞受賞、さらに平成十三年に出版された『償い』は、発売後四年を経て大ベストセラーに躍り出る。

エンタテインメント分野の作家としては決して多作な方ではないが、出版される作品のどれもが丁寧に作られ、その実力が遺憾なく発揮されている。矢口さんらしい問題意識がかいま見え、特に辛《つら》い立場にいる読者の心に響き、何より作家的良心を強く感じる。たとえば貧困、たとえば機能不全家庭、たとえば障害や病気、そうした中で取り残されてしまった者に対する作者の温かな視線が印象的だ。

その一方で矢口さんは、人の心理や情念の不可思議さを、女性作家らしい（差別的な意味合いではない）繊細な洞察から、緻密に描き出すこともする。

前作の『海より深く』は、カレー屋でアルバイトする女子大学生の佐藤真志歩が店の前にたたずむ少年をふと気にかけることから物語が始まる。

何も語らない少年。ただだれかを待っている様子だ。緘黙《かんもく》児童なのか、聾唖《ろうあ》者《しゃ》なのか、虐待を受けて保護者に捨てられたのか。主人公の真志歩は店の経営者の姉妹たちと少年の保護者探しに乗り出すが、それはただの人探しに留《とど》まらず……といったストーリーはサスペンスをはらみながら息もつかせぬ展開を見せる。

本作『炎より熱く』では、前作で女子大学生だった真志歩はすでに卒業しているが、就職し損なって、病院で契約職員として働いている。

そこで二人の女性患者の奇妙なケースを知る。

一つは偶然目にしたカルテから、もう一つは病院を訪れた知り合いの刑事の言葉から。なぜかやたらに怪我《けが》ばかりしている女が二人。そして患者を見舞っている不穏な気配を秘めた男の登場。

女たちの怪我はＤＶか、それとも保険金詐欺か？　三人の男女の関係は？

そんな中、女の一人が大怪我を負って病院に運び込まれ、死亡が確認される。

事故か事件か。

登場する男女の関わるアクセサリー店「リンゴの気持ち」のしつらえが、怪しい魅力を放っている。苦労人の年配女性が開店させたカフェの、お菓子の甘い香りが漂ってきそうな、温かく落ち着いたたたずまいと好対照を成す。

商品のすべてのデザインがリンゴ。可愛《かわい》いから、ではなくそこに込められた象徴的意味は楽園追放の知恵の実。デザイナーは店長の男だが、制作者は……。

一方で二十二歳になった真志歩の胸には、若い義理の叔父への思慕の情がほんのり灯《とも》る。その彼の口から発せられる男女の性役割についての問いと、今回、友人として登場するカレー屋の女性店長美咲が巻き込まれるセクハラ事件。

前作では親子関係が、そして今回の『炎より熱く』では男女の関係が大きく取り上げられる。

美咲が経験するヒヒオヤジによるセクハラも、真志歩のもどかしいほど淡い恋も男と女を巡る話としてはすこぶるわかりやすい。読みながら彼女たちに共感し、肩入れすることが容易だ。

だが、そうした美咲や真志歩のみずみずしい感性では捉えきれない、激しく、不可思議な情念の世界が、一人の女性の死を巡る事件の背後に存在する。

そんな世界に、主人公の真志歩は、本人の意思とは関わりなく、というよりは頼まれごとを拒絶しきれない人の良さと甘さゆえに、関わることになる。

ラストで、キーパースン二人を見舞う悲劇に言葉を失う。ヒューマンミステリの体裁を取った本作の中で、安易な道徳と共感を排する一組の男女の神秘的な愛情世界を、極めて美的に見せてくれた。これもまた「矢口敦子の世界」だ。


（しのだ・せつこ　作家）

本書は、集英社文庫のために書き下ろされた作品です。

矢口敦子の本

祈りの朝

安優海は臨月で産休中。夫が寝言で女性の名前を呼び、浮気を疑い始める。女性に会おうとするが予測不可能な事態に……。東日本大震災からの再生と家族の希望を描く感涙ミステリー。

矢口敦子の本

最後の手紙

初恋のシーちゃんと再会した若妻・史子は家族を捨て、同棲を始める。だが、シーちゃんが事故死し、絶望した史子は、復讐を決意。ある人物に宛て覚悟の手紙を書き残すが……。

集英社文庫

矢口敦子の本

海より深く

耳が聞こえない迷子の少年を見つけた女子大生。保護者を探し始めるが、予期せぬ家族の深い闇に直面して……。家族のあり方と命の希望を描きだす、心温まる長編ミステリー！

集英社文庫

炎《ほのお》より熱《あつ》く

2020年1月25日　第1刷　　定価はカバーに表示してあります。

著　者　矢口敦子《やぐちあつこ》
発行者　徳永　真
発行所　株式会社　集英社
東京都千代田区一ツ橋2-5-10　〒101-8050
電話　【編集部】03-3230-6095
【読者係】03-3230-6080
【販売部】03-3230-6393(書店専用)
印　刷　株式会社 廣済堂
製　本　株式会社 廣済堂

フォーマットデザイン　アリヤマデザインストア　　マークデザイン　居山浩二

ISBN978-4-08-744072-0 C0193